中华文明故事

王璐 编著

陕西新华出版

陕西人民美术出版社

SHAANXI PEOPLE'S FINE ARTS PUBLISHING HOUSE

—— 西安 ——

图书在版编目（CIP）数据

中华文明故事 / 王璐编著. —— 西安：陕西人民美术出版社, 2024.4
ISBN 978-7-5368-4090-4

Ⅰ . ①中… Ⅱ . ①王… Ⅲ . ①历史故事—作品集—中国 Ⅳ . ①I247.81

中国国家版本馆CIP数据核字(2024)第088231号

策　　划：高立民
责任编辑：杨　匡

ZHONGHUA WENMING GUSHI

中华文明故事

王璐　编著

出版发行　**陕西人民美术出版社**
地　　址　陕西省西安市雁塔区曲江街道登高路1388号
邮　　编　710061
经　　销　新华书店
印　　刷　西安市久盛印务有限责任公司
规格开本　889mm×1194mm　　1/32
印　　张　6
字　　数　92.6千字
版　　次　2024年04月第1版　　2024年04月第1次印刷
印　　数　1-4000册
书　　号　ISBN 978-7-5368-4090-4
定　　价　32.00元

　　"文明"是一个十分复杂的概念，从小处说指一个人的行为修养，从大概念上来看指全人类为改造主客观世界而产生的文化成果的总和，包括各种物质文化与非物质文化。

　　在漫长的文明历程中，各地区的人们基于共同的生存空间和相近的文化认同，形成了中华文明、欧洲文明、印度文明、波斯文明等相对独立发展的文明脉络。其中，中华文明源远流长、包罗万象、博大精深、历久弥新，成为人类文明中唯一不曾中断的文明体系。几千年来各种物质文化和精神文化成果，是中国劳动人民智慧的结晶，代代传承，接续发展，创造了举世无双、灿烂辉煌的中华文明。

　　中国人在与自然、与社会漫长的斗争过程中，诞生了无数发明创造和先进的文化理念。从水利设施到天文观测，从架桥修路到造纸印刷，以及至今尚保留在博物馆中的历史文物，皆是中华物质文明的有力见证；就精神文明而言，从口耳相传到文字记载，从百家争鸣到藏书修书，圣贤的经典通过汉字传承给一代又一代的中华儿女，滋养着我们在世界文明的道路上昂首阔步。

本书搜集整理了46个与文明相关的古代故事，其中既展现了古代劳动人民用智慧和汗水所创造出的各式各样的物质文明，亦记录了几千年来中华精神文明不断传递中的努力，定会给读者以有益的启迪。

社会主义核心价值观不是无源之水、无本之木，其形成与中华优秀传统文化有着千丝万缕的联系，特别是它所倡导的国家层面的价值要求富强、民主、文明、和谐，社会层面的价值要求自由、平等、公正、法治，个人层面的价值要求爱国、敬业、诚信、友善，既承载着我们每个人的美好愿景，更传承着中华民族优秀的传统文化基因，是中国人千百年来不断求索、努力践行的理想与信念。中华优秀传统文化中的经典故事，影响着一代又一代的中国人。如今的我们更应从这些经典故事中获取教益，成为社会主义核心价值观的践行者。

目录

仓颉造字

早在战国时期，中国便流传着"仓颉造字"的传说。

仓颉是黄帝手下的一位官员，专门负责管理饲养的牲口与囤积的粮食。为了能够及时记录牲口与粮食数量的变化，仓颉常常思考和发明记录的方法。

起初，仓颉找来不同材质或不同颜色的绳子，用一根绳子代表一种牲口或者一种粮食，在绳子上打绳结来记录牲口或者粮食的数量。刚开始，仓颉对这个方法还挺满意的，牲口与粮食数量的变化在打结与拆结之间便可了然于心。可是时间一长，他发现这个方法也有缺陷，打结方便，可是拆结很麻烦，于是仓颉又开始琢磨新的办法。想来想去，他改用在绳子上悬挂贝壳来记录数量的变化。如果数量增加，那就多挂一个贝壳，数量减少了，就去掉一个贝壳。比起打结拆结，确实方便了很多。

在这样的巧思之下，仓颉管理牲口和粮食的工作一直做得很好。黄帝也十分赞赏仓颉的才能，于是又给他分配了更多的管理与记录工作，比如每年祭祀的情况、狩猎分配的情况以及部落人口的增减等，都让仓颉详加记录。

这么一来，仓颉又犯难了。这么多的事情要记录，几根绳子和几个贝壳已经不够用了。如何记录才能更清晰明了，又不容易出差错呢？仓颉每天都在苦苦思索。

有一天，仓颉参加部族的狩猎活动，走到一个三岔路口，看到几个老人在那里吵吵嚷嚷、争执不休。他便过去询问三位老人，究竟为什么而争执。一个老人说："我觉得我们这队人马应该往西走，西边有两只老虎，往西走可以打到老虎。"另一个老人则说："我看还是往东走比较好，东边有一只羚羊，老虎那么大，咱们年纪大了，打老虎太危险。"最后一个老人则说："我看

你们还是听我的，往北走，北边有一群鹿，既没有老虎那么危险，我们的收获也肯定比一只羚羊要多。"仓颉听了他们的话，很好奇他们怎么会知道西边有老虎、东边有羚羊而北边有鹿群呢？三位老人呵呵一笑，指着地上的脚印说："你看看这地上的脚印，还有它们延伸的方向，不就知道了！"仓颉低头一看，果然，三种不同的脚印，分别延伸至三个不同的方向。此时，仓颉心中一亮，不同的动物会留下不同的脚印，人们看到不同的脚印就知道是什么动物，那么，如果用不同的符号来代表各样事物，只要人们都知晓每种符号所代表的含义，便不但可以记录繁多的事物，还能把记录的内容快速地传递给别人。最终，仓颉创造出了代表不同事物的各种符号。

后来，黄帝知道了仓颉创造的符号，对此非常重视，让仓颉去各个部落推广、传授这些符号。渐渐地，这些符号为人们所识别并运用，成了统一的记事表意的工具。这就是我们早期的文字。

当然，从科学的角度来看，文字的发明是不可能依靠一个人的力量而完成的，应该是人们在长期的生活实践中不断总结并加以创造、完善的集体智慧的结晶。文字的产生，使得人类文明的成果可以被记录与传承，因此，文字的发明与运用被认为是文明产生最重要的标志之一。

神农尝百草与医药起源

　　神农尝百草的故事，在许多历史典籍中都有记载。据说远古时期，人们生了病只能靠自己的身体自行恢复，而病得重一些就只能等死。神农看到世人经常被病痛折磨而毫无办法，便想到天帝的花园去采摘有疗愈病痛功效的奇花异草。当时要去往天宫，有两条路可以选择：一条是昆仑山之巅，连接着天宫的入口；还有一条是都广之野的一株大树，名叫建木，高大而直通天庭。神农选择顺着建木爬上天宫。

　　终于，神农来到了天帝的花园，他采摘了大量的瑶草，准备带去人间为百姓治病。不料，还没等神农离开，天帝来了，其实天帝早已知道神农的来意，他非但没有责备神农，还特意送给神农一根神鞭，并对他说：

5

"那点儿瑶草，能给几个人治病啊！你可以在人间用这条鞭子鞭打各种植物，它能够让你知道哪些草可以治病！"神农高兴地接过鞭子，向天帝道谢后就即刻返回人间。一路上，他一边走，一边用天帝给他的神鞭鞭打百草，了解到许多植物的药性。

有一天，神农在路上口渴难耐，便顺手摘下一片树叶在嘴里咀嚼起来。谁知这种树叶在咀嚼后，竟然非常解渴。当这种树叶下肚后，神农仔细看了看自己透明的肚子，发现这种树叶竟然把自己的胃擦洗得干干净净。这种树叶经过培育，就是茶叶。这个发现让神农非常兴奋，于是，他常用品尝的方式，体验各种植物进入人体内的感受与功效。就这样，神农一路走，一路尝服各种植物，并总结其作用于人体的效果。据说，神农尝过的植物共有三十九万八千种之多。而最终，神农因为误食了断肠草，毒发身亡。神农所记录下来的百草特性，成为我国中医药学发展的基础。

当然，百草的功效一定不是由"神农"这一个人通过品尝总结出来的，但是这样的历史记载，说明了我们

的祖先曾通过亲口试验的方式，总结记录了不同植物对人体的不同作用：哪些植物可以安心食用，哪些则是有毒的需要多加注意；有毒的植物，会导致什么样的毒理反应，等等。在这个过程中，人们还逐渐认识到毒性与药性的关联，这就是药学文明的早期发展历程。

杜康酿酒与酒文化

在黄帝时期，随着生产力水平的不断发展，每年的粮食产出也越来越多，根本就吃不完。于是，人们把剩余的粮食储存在山洞之中。粮食放在山洞里虽然不怕日晒雨淋，但是山洞里既阴暗又潮湿，没多久，粮食就腐烂发霉了。

当时有一位负责管理粮食的官员，名叫杜康。每每看到在山洞里腐烂的粮食，他总是心疼不已，于是便开始探寻新的粮食储存的方法。杜康心想，山洞里过于潮湿，如果把粮食储存在既能遮风避雨，又能晒得到阳光的地方，就不会那么容易腐烂了。有一天，杜康在树林里偶然发现几棵枯死的大树，留下了几个空荡荡却十分粗大的树干。杜康看看这树洞，再看看天上的太阳，觉

得把粮食藏在这树洞里或许是个避免潮湿的好办法。于是，他便试着把一些粮食倒进了这些干枯的树洞。

过了一段时间，杜康再次来到这片树林查看粮食的储存情况时，却惊奇地发现，在储存粮食的枯树洞旁边，横七竖八地躺着一群小动物。杜康原本以为它们是死了，谁知走近一看，这群小动物竟是睡着了，而且睡得很香，用力摇都摇不醒。杜康很奇怪，就算这些小动物吃了树洞里储存的粮食，怎么就会莫名其妙地睡着，还睡得这样沉呢？于是他走近查看，发现那些树洞已经被存放的粮食撑裂开来，缝隙里渗出水一般的液体。杜康凑过去闻了闻这渗出的液体，发现它散发着一股特殊的香气，便忍不住伸手蘸了一些液体尝了尝，没想到入口清甜，而且还会让人精神一振！杜康觉得自己发现了宝藏，便用容器收集了散发着神奇香气的液体，带回去请大家一起品尝。尝过的人都对这个味道赞不绝口，也十分欣喜于这种液体带给人精神上的愉悦。

后来，杜康便模拟树洞的环境用粮食特地制造这种液体，所谓"酒"便这么产生了！而杜康，也被人们尊称为酒神。

我国酿酒饮酒有着悠久的历史，也因此形成了独具特色的酒文化。人们不断革新酿酒技术、发明酒器饮具，酒成为祭祀和日常生活中不可或缺的重要部分，在人们的精神世界也发挥着不可替代的作用。例如在魏晋南北朝时期，不少名士雅好饮酒，并借饮酒抒发自己对社会、对人生的感悟，留下了许多著名的篇章。唐宋时期有不少诗人喜好饮酒，在他们的诗歌中，"酒"也成了特殊的文化意象。"诗仙"李白便是酒催诗兴的典型代表，杜甫即作诗称"李白斗酒诗百篇，长安市上酒家眠"，宋人也有"一曲新词酒一杯"的作品。酒激发了人们的灵感和内心深处的欲望。酒不光与文学紧密联系，在中国历代文化发展中与音乐、书法、美术等领域也有着大量的互动。酒文化在中国文化中可以说占据着重要的地位。

酒在我国古代，还常被用作医药。我国早期的医术著作《素问》中便有用药酒按摩患处的记载。此外，我们从"医"的字形也能看出酒的贡献，古代"医"字

写作"醫"，其部首乃是"酉"，酉的本义就是酒器，也引申为酒。而在《说文解字》一书中，对"醫"的解释便有"酒，所以治病也"的说法。由此可见，酒在中国古代还是重要的药用材料。《本草纲目》中称，烧酒的味道辛辣而甘甜，可以升阳气，由于它燥热的性质，又可以除湿祛寒，因此能够"开怫郁而消沉积，通膈噎而散痰饮，治泄疟而止冷痛"。直到今天，无论是外用还是内服的药酒，在中医治疗中仍发挥着十分重要的功用。

相马专家伯乐

　　传说在天上管理马匹的神仙叫伯乐，因此，古人便把那些拥有鉴别马匹优劣能力的人也称作伯乐。

　　春秋时期，有一个叫孙阳的人，善于鉴别马匹。楚王得知孙阳有相马的才能，便特地请孙阳在民间留意为他购买千里马。有一天，孙阳从齐国返回，看到一个人驾着一辆马车，装满沉重的货物，马儿吃力地前行，每迈出一步都非常艰难，呼哧呼哧地喘着粗气。孙阳热衷观察研究马匹，见此情景，便靠近那匹马。谁知马儿看到孙阳走过来，突然昂起马头瞪大眼睛，大声嘶鸣起来。听着马儿嘶鸣的声音，孙阳立即判断出这是一匹难得的良马。于是，孙阳叫停了驾车的人，对他说："师傅，您能不能把这匹马卖给我啊？"驾车人听后，不禁

哑然失笑："先生，您在跟我开玩笑吗？您看看这匹马，拉车一点力气也没有，平日里虽然吃得很多，但是也不见长膘，一直都是这般骨瘦如柴。您确定您要买我这匹马？"孙阳笑着对驾车人说："这匹马乃是将才，如果在疆场上驰骋，恐怕任何马都比不过它。只不过它并不适合拉车负重，让它干自己不适合的活儿，自然就比不上其他的马匹了！还是请您把它卖给我吧！"驾车人听了孙阳的"谬论"，觉得自己遇到了一个大傻瓜，便毫不犹豫地把这匹马卖给了孙阳。

孙阳顺利买到了良马，牵着它直奔楚国。刚走到楚国王宫前，马儿似乎明白了孙阳的意思，欢快地嘶鸣起来，用马蹄把地面踢得哒哒响。楚王也听到了这直入云霄的嘶鸣，赶忙走到宫外迎接。孙阳见楚王来了，便指着马儿说："大王，我为您带来了不可多得的千里马！"楚王本来一脸期待，可见到马儿后，脸色立马阴沉起来："你确信这是匹千里良马吗？我怎么看它骨瘦如柴，走路都困难，这样的马，难道可以上战场？"孙阳不疾不徐地回答："大王请放心，这确实是一匹千里良马。只不过它从前的主人不了解它的才能，天天让它拉车拉重物，又没有精心喂养，这匹马才看起来如此瘦弱。只要大王您命人精心喂养，不到半个月，这匹马就会恢复原有的体力！"楚王听后将信将疑，命马夫将马儿拉下去，并嘱咐马夫一定要精心喂养。果然，不出半个月，这匹马就变得高大矫健。楚王骑上马，轻扬马鞭，顿觉两耳生风，转眼便跑至百里之外。后来，这匹马载着楚王驰骋沙场，立下不少功劳。楚王对孙阳也更加尊重了，孙阳的"伯乐"美名传播开来，以至于大家后来都不再称呼他的本名了。

除过孙阳，九方皋也是著名的相马天才，因而也有伯乐的美名。秦穆公曾命九方皋去寻找千里马，后来九方皋为秦穆公带回一匹黑色的公马，而黑色的公马在当时是公认的劣马，秦穆公因此非常不高兴。九方皋却跟秦穆公说："其实马的毛色或者公母，与马匹的能力并无直接关系，九方皋相马，注意的是马匹自身的各项能力，并非外表，请大王不要以貌取马，我相信这匹马一定不会让大王失望！"秦穆公听了这番话，便骑上九方

皋相中的马，果然发现这是一匹举世无双的良马。

古代众多伯乐相马的故事，正是我国古代畜牧业发展的具体体现。这表明我国的劳动人民对驯养动物早已有了科学正确的认知，在驯养动物方面积累了丰富的经验。

铸剑大师欧冶子

春秋时期，越国有一位著名的铸剑师叫作欧冶子。楚王听闻欧冶子善于铸剑，便派遣相剑大师风胡子带着非常贵重的礼物去越国面见欧冶子，请他为楚王铸剑。

作为铸剑名师，欧冶子清楚地知道，想要铸造出绝世好剑，必须要寻找到好的材料：铁英、寒泉与亮石。铁英，即纯净的铁矿，只有铁矿够纯净，炼出的铁质地才能足够坚韧。寒泉，指的是冷入骨髓、净如明镜的泉水，只有上等寒泉，在铸剑淬火时才能达到最好的效果。亮石，则是指光滑而透亮的石头，上好的亮石，才能打磨出上好的宝剑。为了将这三种材料寻找齐全，欧冶子开始遍寻江南的名山大川。经过数年的找寻，欧冶子终于在茨山下采得铁英，在秦溪山中的两棵千年古松

下找到七口古井，井中之水便为上等寒泉，而在秦溪山的一个山坳里又找到了亮石。三种材料找齐后，又经过两年时间，欧冶子终于铸成三把宝剑：一称"龙渊"，二称"泰阿"，三称"工布"。

倘若将这三把宝剑弯曲，可如腰带一样不觉坚硬；若使剑身弹开，则立马恢复笔直的状态。因宝剑用铁英铸成，故而十分锋利，可谓削铁如泥。楚王得到欧冶子铸造的这三把宝剑后，喜出望外，将七口古井处赐名为"剑池"，唐代改为"龙泉"，一直沿用到今天。

后来，晋国出兵讨伐楚国，围困楚国都城长达三年。就在晋国即将攻破楚国都城时，楚王拿着泰阿宝剑前去抗敌。当楚王拔出泰阿宝剑，只见突然飞沙走石、遮天蔽日，挥剑之际，剑气激射，似有猛兽咆哮。不出片刻，晋军便被楚军打得落花流水，最终全军覆没。

这样的记载颇有传奇意味，而事实上，我国的冶金技术很早就达到世界先进水平。欧冶子还曾为越王勾践铸剑，这柄剑铸造工艺非常高超，在深埋地下几千年后出土，依然十分锋利，乃是国家的重要文物之一。

生活用具中的智慧

　　现代生活中许多为我们提供方便的用具，其实很早就被我们的祖先发明出来了。这些生活中十分寻常的物件，凝结着劳动人民的智慧，代表着中华文明的传承。

　　下雨天，我们会打起雨伞来遮挡雨滴。这件我们今天看来再简单不过的生活用具，据说早在五帝时代就已经被发明并加以利用了。根据传说，伞是黄帝看到花朵倒扣时的形状，受到启发而发明出来的，当时的人们把它称作"盖"。而在《史记》中更有记载：舜在从高处坠落时，因为撑着雨伞所以才能安全落地。这里所说的雨伞，其实起到了降落伞的作用，也给后世的人们发明利用降落伞提供了很好的思路。还有传说，春秋末年，鲁班在野外工作的时候常常会被雨雪淋湿全身，于是他

的妻子便想着能不能做出一种既可以遮挡雨雪又方便携带的工具。她把许多细竹条的一端扎在一起，撑开呈一个圆形的平面，在表面铺上兽皮，便可以起到遮挡雨雪的作用。不用的时候，则将竹条聚拢，方便携带。这与我们今日所使用的雨伞已经十分相像了。中国的雨伞在唐代被传入日本，而直到18世纪中叶才被传到了西方。1747年，一个来中国旅行的英国人，看到中国人在雨天使用的油纸伞十分实用，便带了一把回到英国。由此，雨伞才逐渐被普及到世界各地。

冰箱在今天是家家户户不可或缺的电器，它不仅能保鲜食物，更被运用到医疗等各个领域。尽管插电的冰箱确实算是一种舶来品，不过不插电的冰箱在我国却有着悠久的历史。早在《周礼》中便记载过一种用来为食物保鲜的装置——"冰鉴"。这种冰鉴其实就是一个盛着冰块的盒子，人们将食物放入其中，以起到保鲜降温的作用。冰鉴，从使用原理上说，可以算是世界上最早的冰箱。

中国人自古就讲究礼节，在重要场合穿衣一定要合体整齐。而为了使衣物能够平整，我们的祖先很早就发明了熨斗。当然，古代的熨斗无法用电来加热，一般是把烧红的木炭放在熨斗之中，待到熨斗的底部被加热到一定温度就可以使用了。因此，过去的熨斗大都是用导热性良好的金属制成。例如汉魏时期的熨斗，就是用青铜器铸造而成的，有的熨斗上还刻有"熨斗直衣"这样的铭文。

东汉光武帝刘秀的儿子刘荆的墓穴之中，曾出土过一只十分小巧的水晶放大镜，这只放大镜是将一片圆形的水晶凸透镜镶嵌在一个指环大小的金圈之内，可以将物体放大四到五倍。由此可见，早在东汉时期，我国的制镜技术已经达到了一定水平。而多数考古学家都认为，眼镜的发明者乃是我国南宋时期的狱官史沆。后来马可·波罗来到中国，也曾经记下了他所看到的中国老年人戴着眼镜阅读的情况。可见，眼镜也并非舶来品，在我国的发明和使用可追溯到古代，早已为百姓生活服务了。

风筝的前世今生与"飞天梦"

　　每年春天，人们常会在开阔的地方，扯着长长的线绳放风筝。中国乃是风筝的故乡，风筝的制造也有至少两千年的历史。

　　春秋时期的巧匠鲁班曾制造出"成而飞之，三日不下"的木鸢。汉代，造纸术被发明并改进后，人们开始把纸糊在竹制的骨架上，并系以长绳，利用风力将其送上高空，称之为"纸鸢"，这和我们今天的风筝已经没有太大差别了。到了唐代，放风筝已经成为比较常见的娱乐与体育活动，并被认为有强身健体明目之功效。五代时候，人们又在纸鸢上安装竹哨，放飞纸鸢后，风入竹哨，便可发出筝鸣之声，于是有了"风筝"之名。

　　然而，在古代，制作风筝绝不仅是为了娱乐，最初是出于军事的需求。早期关于风筝的记载大都与战争有关。例如鲁班制造木鸢，是为了乘坐以侦察敌军兵营的情况，只不过这个军事侦察的目的最终没有能够付诸实践而已。

此外，根据文献记载，风筝在战争中还被用作空投信件的工具。南朝梁太清三年（549），梁武帝被叛乱的侯景困于都城建邺（今南京）的台城之中，内外断绝，孤立无援。后来，梁武帝的谋士羊侃出了一个主意，把皇帝的诏令系在风筝上，乘西北风飘向在外的太子求援。可惜，梁武帝求援的风筝还没有放出多远，就被叛军发觉并射落，不久后台城也被攻陷。宋朝时，还有在风筝上安装火药的装置，点燃导线后放至敌军阵营的上空以扰乱敌军，被称为"神火飞鸦"。

欧洲人直到16世纪才从中国了解到什么是风筝，制作风筝的工艺大约在18世纪才被传到国外。

中国人发明的风筝在世界科技史上也曾经起到过重要的作用。1752年，美国科学家富兰克林正是通过在雷雨天放风筝，从而证实了雷电乃是云层的放电现象。

风筝的发明，使得很多人都梦想着有朝一日，人类也能像风筝一样借着风力在天空中自由自在地飞翔。

　　第一个勇敢实现飞天梦想的，便是新朝时的术士。新朝皇帝王莽听说有的术士能够飞上空中，而且可以日飞千里，便予以资助。于是，术士找来大鸟的翅膀作为两翼，在头上和身上也附着上羽毛，然后从高处跳下尝试飞行。史书记载，这个术士只飞了约百步便从高空坠落。而这个术士虽然没有留下名字，也算是中国历史上"飞行"的第一人了。

　　后来，在北齐的文献里，有记载北齐皇帝高洋让当时被囚禁起来的东魏元氏家族的人缚在大号纸风筝上，从30多米高的金凤台往下跳，导致大批的囚犯丧生。不过也有记载称，当时有人竟然借助风筝在空中滑翔了近千米后安然落地，真可谓神奇。

　　到了明代，有一个叫作万户的人，一直在研究制造将人送上天空的工具。有一次，他发现火药在爆炸后会产生很大的能量，便想着利用这种巨大的能量推动人飞天。于是，万户便制作出了一种飞车，车下捆绑着好几排用火药制成的火箭筒，想通过点燃火箭筒所产生的冲击力推动飞车飞向天空。有一天，万户拿着两个大风筝作为翅膀，坐在飞车上，命令仆人点燃飞车上的第一排火箭。可是仆人举着火把，却迟迟不敢点火。万户催促仆人，仆人怯声说："主人，真的要点火吗？我觉得十分害怕！这可不是闹着玩的，万一主人有什么三长两短，我这……"不等仆人说完，万户便打断他说："怕什么！我毕生最大的愿望就是飞上天空！今日即便实验失败，粉身碎骨也不怕！你就放心大胆地为我点火吧！"仆人无奈，只好按照万户的吩咐，先点燃了第一排火箭。只听见"轰"的一声巨响，飞车周围烈焰翻腾，飞车也在顷刻间离开了地面，向天空徐徐升起。这时围着看热闹的人都不禁发出了阵阵欢呼，以为万户真的实现飞天的愿望了。接着，第二排火箭在第一排火箭燃烧后不久自行点燃了，飞车也依靠着火箭的动力继续上升。就在大家准备继续欢呼时，只听空中一声巨响，万户和飞车一起在半空中变成了一团火焰，随后被火药包裹的万户从飞车上跌落了下来，摔在了万家山上。人

们找到万户的时候，发现他手中还紧紧握着那两支已经被大火焚毁的巨大风筝。万户的飞行试验就这样结束了，为此他付出了生命的代价。不过，人类对于飞天的尝试和探索却没就此画上句号。万户以及千百年来人类飞天的梦想，也在今天真正实现了！

西门豹治邺破迷信

　　战国时期，魏文侯派遣西门豹去治理邺城。西门豹刚到邺城上任，就发现这个地方十分荒凉，不少田地都荒废了，人口也颇为稀少。邺城虽然属于魏国的边远地区，但是因为夹在韩国与赵国之间，具有重要的军事意义，同时土地肥沃，气候宜人，所以魏文侯对这座城池一贯很重视，现在如此景象，如何跟君上交代呢？于是西门豹叫来当地的乡亲询问情况。只见乡亲们一个个都愁眉苦脸，便唉声叹气地说："还不是因为要给河伯娶媳妇，才把我们邺城闹成这样了呀！"

　　原来，邺城有一条叫作漳河的大河，每到夏天就会泛滥成灾，当地百姓一直苦不堪言。后来，当地的女巫说，漳河之所以会泛滥，是因为邺城的百姓没有好好

祭祀河中河伯的缘故。倘若邺城的百姓每年能为河伯送去一位漂亮的女孩做媳妇，那么河伯就会保佑邺城风调雨顺、五谷丰登；如若不然，河伯便会大发雷霆，兴风作浪，冲毁房屋，淹没庄稼，让邺城的百姓无家可归、没饭可吃。邺城的百姓苦于漳河的泛滥，又畏惧怠慢了河伯而被降下灾祸，于是在每年春耕时节，就只好听任女巫摆布，把女巫选好的姑娘嫁给河伯。怎么嫁给河伯呢？其实就是女巫选个黄道吉日，将选中的姑娘打扮好，让她坐在芦苇编的简易小船上，任其在漳河上漂流。不一会儿，芦苇船便散架了，而上面的姑娘也掉落漳河之中。这时，女巫就说："河伯已经收下了咱们送去的姑娘，必定保佑邺城风调雨顺。"如今，已经不知道有多少位姑娘被女巫作为媳妇送给了河伯。邺城的百姓害怕自己的女儿就是下一个被选定的河伯媳妇，只好拖家带口地远走他乡，因此邺城的人口越来越少，越来越多的农田便也荒废了。

西门豹听后，心里已经明白了八九分，又问道："那你们年年给河伯送媳妇儿，漳河就真的没有再泛滥过吗？"大伙沮丧地说："唉，这两年倒是真的没有再发大水了，可是气候干旱，庄稼照样长不好！很多人因为没有收成、没有饭吃，只好逃荒要饭去了！"接着又有人说："不光如此，邺城的赋税也很多！给河伯娶媳妇，每年都要花大量的钱财，哪个不是出自咱们老百姓的身上呢？可是这些钱哪里是给了河伯，分明是进了女巫与乡绅们的口袋啊！"西门豹越听越觉着气愤：

"你们对女巫竟然这样言听计从？怎么连反抗都不反抗呢？"大伙儿悻悻地说："女巫说这是天命，违抗不得！如不遵从，上天会惩罚我们的！"看到邺城百姓如此迷信，西门豹真是又好气又好笑，他心生一计，说道："既然如此，那我这个新上任的父母官自然也是要去祭祀一下河伯的！下次给河伯娶媳妇，不要忘记通知我！"

终于到了给河伯娶媳妇儿的日子。西门豹连同邺城的其他官员，还有城里的百姓一起来为河伯送亲。西门豹终于见到了乡亲口中所说的女巫，原来只是一个七十多岁的老女人，穿着奇怪的衣服，带着二十几个花枝招

展的女弟子，在送亲的队伍中念念有词。西门豹把女巫叫到身边，说："大巫每年为给河伯娶亲的事情费心了！不知这次大巫为河伯挑选的媳妇儿漂不漂亮，能否让我看看呢？"女巫原本还担心这位新来的父母官会阻拦自己送亲，不料却是要看一下新娘漂不漂亮，便让弟子们赶紧把新娘抬了过来。西门豹看到被女巫选中的新娘不过十二三岁的样子，心里暗暗生气，便说："这个姑娘好像不够漂亮啊！河伯如此尊贵，必得更漂亮的女人才有资格做他的媳妇儿。要不这样吧，劳烦大巫您过去给河伯请个罪，就说我将为他觅得更漂亮的媳妇儿，过上三天再为他举办婚礼吧！"说完不等女巫反应过来，便命令手下的兵士抱起女巫丢进了漳河之中。周围的人顿时惊呆了。西门豹却只是目不转睛地盯着女巫被丢进的漳河水，仿佛在等待她的归来。

　　过了好半天，女巫自然不可能有动静了。于是西门豹又说："恐怕是大巫年岁太大，口齿不伶俐，要不然劳烦大弟子过去催一下吧！"说着，又让兵士把女巫的大弟子丢进了漳河里。大弟子扑腾了几下，也没了动静。过了一会儿，西门豹装出不耐烦的样子："怎么这半天两个人都不回来！要不再派几名弟子去看看吧！"于是，兵士又将女巫的几名弟子投进了漳河。当然，她们也立刻没了动静。西门豹又等了好久，恍然大悟地说："也许河伯觉得大巫和弟子们长得周正，便把她们都留下做媳妇儿了吧？如此喜事，咱们得表示表示！这样吧，让乡绅大人们过去替本官贺喜一番！"有几个乡绅听西门豹这样说，吓得连忙要溜走，西门豹却命令兵士们把他们统统都丢进了河里。足足等了有一个时辰，被丢进河里的人，一个也没有回来。西门豹又佯装不满："莫非派去的几位乡绅年纪太大，办事不利索？"没等西门豹说完，剩下的官员与乡绅，便连忙跪倒在地，认错求饶。而邺城的百姓也早已明白过来，所谓的河伯娶妻，只不过是一场骗局而已。

西门豹对大伙说："漳河之水，长流不息，哪里有什么河伯？漳河之所以总是泛滥，是因为河道没有得到很好的疏通，只要我们按照地势挖水渠、兴水利，一定可以解除水患！"

后来，西门豹亲自带人勘察地况，发动群众在漳河两岸挖了十二道水渠，从而分散了水量。被分散的漳河水，还被引入农田进行灌溉，大大促进了农业发展。

赵武灵王胡服骑射

战国时期，赵国原本是一个比较有实力的强国，但秦国的侵犯使得赵国丢失了很多城池，北方的少数民族如匈奴、林胡又经常在赵国的边境骚扰，甚至连中山国那样的小国，也仗着齐国的支持不断欺侮赵国。此后，其国势便渐渐衰微。赵武灵王即位后，很想改变赵国这种落后挨打、受尽欺侮的现状，便积极着手于一些有利国家发展的改革。在战争实践中，赵武灵王发现，中原的宽袍大袖在战场上不如胡人穿的窄袖短衣方便，用战车进行战斗也不如胡人骑在马背上那么灵巧便利。于是，赵武灵王便决心要在服装与作战方式上进行改革。

有一天，赵武灵王率领群臣在西北边疆一带巡视，于黄花山顶俯视山下的滔滔黄河时，一想到赵国如今颓

败的状况，便忍不住叹起气来。当时，赵国的重臣肥义与楼缓都在他的身边，便问他为什么叹气感慨。赵武灵王忧虑地说："你们看，咱们赵国四面八方都是强敌，北面是燕国、胡人，西面是楼烦、秦国，东面是齐国、中山，如何才能让咱们赵国强大起来，不惧外敌的侵扰呢？"肥义说："确实，胡人与中山国都是咱们的心腹大患，倘若连他们都无法制服，就更别提强大的秦国了！"楼缓也说："是啊，胡人经常来咱们的边境骚扰，真是不胜其烦，若是不打败他们，对于赵国总是个祸患！"赵武灵王见两位重臣都能认识到胡人带给赵国的忧患，便故意问道："不知二位有什么好的办法，可以让咱们赵国尽快扫除胡人这个祸患呢？"肥义与楼缓面面相觑，不知如何回答。于是，赵武灵王说："依我看，要打败胡人最好的办法，就是向他们学习！"见肥义与楼缓面露不解的神色，赵武灵王便把自己发现的胡服骑射的优势一五一十地说了出来。肥义和楼烦觉得赵武灵王说得确实不无道理，可是作为中原的诸侯国，竟然要穿胡人的衣服，学胡人骑马射箭，未免也太没面子了吧！可是赵武灵王却很坚定："如果我们不去学习胡人的长处，恐怕这辈子也别想打败胡人了。"肥义和楼缓也不再说什么，决定跟随赵武灵王改革。

赵武灵王带头先改革服装，于是再次朝见大臣的时候，他和肥义、楼缓三人便率先穿起了胡服。群臣见状，又是惊异，又是不满，纷纷表示，中原的国君与重臣竟然穿上了胡人的衣服，成何体统。赵武灵王的叔父公子成见状更是气得甩袖子走人，从此托病不再上朝了。

要想在改革中获得群臣的支持，就得先说服那些有影响力的老臣，例如赵武灵王的叔父公子成。赵武灵王坚信，改革虽然曲折，但只要能使赵国强大，终有一天反对的人也会心悦诚服的。

于是赵武灵王亲自登门拜访公子成，对他进行游说。公子成看到赵武灵王依旧穿着胡服来找自己，又是气不打一处来："我们赵家的臣子只会迎候华夏的国君、中原的使节，夷狄之使，恕不接待！您如果想见我，就请换掉胡服吧！"赵武灵王听罢也很生气，便

说："俗话说，国有国法，家有家规。一家之中应当听长辈的，一国之中应当听君主的。既然我是一国之君，那么，您作为臣子，看我穿了胡服，就应该积极效法，以在群臣中领头，难道不是吗？"公子成不以为然，说："您是一国之君没错，但在家里，我可是您的叔父，您也理应听我的话才对！我们中原乃是礼仪之邦，是先进文明的代表，那些夷狄之国应当由我们中原去开化。可是您现在却将祖训与传统置之不顾，竟然要本末倒置地去学习胡人，还公然穿他们的服装，我身为老臣，又岂能跟着您胡来呢？"赵武灵王料到公子成会这样说，便不慌不忙地解释说："其实我之所以提倡胡服骑射，是为了提高咱们赵国军队的战斗力，使国家更加强盛。毕竟胡人能够对中原造成这样大的威胁，和他们的着装以及战斗方式都比中原更加便利有关。中原文化是开化较早，可是中原的国家如果不强盛，照样会被外族打败。叔父您如此拘泥于那些陈腐的偏见，难道脸面要比咱们国家的繁荣富强与不受欺侮更重要吗？"一番辩论之后，公子成终于被说服了，表示愿意支持赵武灵王改革。

第二天，赵武灵王即颁布诏令，要求全国上下一律穿胡服，兵士还要学习骑马射箭。公子成也穿着胡服为大家陈述胡服骑射的好处。大家看国君与重臣都这样推崇胡服骑射，又看到穿着胡服行动起来确实要轻便许多，便也都不再反对了。

不出一年，在赵武灵王对赵国军队进行全方位的胡人式训练后，赵国的兵士个个都能够在疆场上骑马射箭，此外，赵国还经常进行骑射战斗的军事演习。赵国逐渐兵强马壮，国威大振，连秦国也不得不对其另眼相看。胡服骑射的举措在一定程度上弱化了服饰的身份标识功能，加强了中原与少数民族的交流与融合，也促进了中华文明的健康发展。

医药卫生文明的繁荣

　　我国的医药卫生事业一直走在世界的前列，从总结出"四诊法"的中医医祖扁鹊，到发明麻沸散倡导体育锻炼的华佗，再到后世的张仲景、孙思邈与李时珍，一代又一代的医学大家们，凭借着智慧与仁心，为我国的医药健康事业做出了巨大的贡献。

一

　　扁鹊原名秦越人，曾周游列国，四处行医，并随着不同地方的习俗和需要来调整自己的医治范围。来到邯郸，他闻听当地妇女地位很高，就悉心研究妇女疾病；来到洛阳，得知当地人十分敬老，便又钻研老年病的治疗方案；来到咸阳，看到当地百姓都喜爱小孩子，就刻苦研究儿科。因此无论他走到哪里，当地的百姓都十分敬重扁鹊这位学识渊博的全科医生。

春秋时期的某一天，虢国的太子暴病而亡。在王宫内外一片悲戚，即将将太子入殓时，一名医生来到王宫，表示自己可以让太子起死回生，这名医生就是扁鹊。宫中大臣都认为这纯属无稽之谈，要赶走扁鹊。扁鹊着急道："倘若诸位不相信我能够让太子起死回生，那么诸位可以试着靠近太子，听听他的耳朵里是不是还在发出嗡嗡的鸣叫声，而他的鼻子也较往日更肿大了。还有，摸摸他的大腿根部，一定还有温热之感。"宫中大臣照着扁鹊说的去探看太子，发现果然如此，于是赶紧把这件事禀报给了虢国国君。国君于是亲自来迎接扁鹊，并向扁鹊请教。扁鹊说："君上不必惊慌，其实太子所得疾病即'尸厥'。人活着的时候，要接受天地之间的阴阳二气，阳主上、主表，阴主下、主里，阴阳之气相互调和，人的身体才会健康。而所谓'尸厥'，就是阴阳二气失调，使人身体中的二气内外不通，上下不通，导致人气脉纷乱，并且面色全无，还会失去知觉，形静如死，就如现在太子的样子。但是，这时其实人并

没有死，还是有办法可以救治的。"虢国国君听后大喜，请求扁鹊赶紧救治太子。于是，扁鹊便拿出针砭，刺激太子的三阳五会诸穴。不消一会儿，太子便醒了过来。之后，扁鹊又让太子服下对症的方剂，太子渐渐能够坐起来了。再后来，扁鹊用汤剂为太子调理阴阳，二十多天后，太子的病就痊愈了。

中国传统医学有一套基本的诊病方法，即望、闻、问、切四诊法，总结出此四诊法的，便是扁鹊。这个方法至今还是中医诊病的基础方法。扁鹊在实践的基础上，认真总结前人和民间的经验，在诊断、病理、疗法上都对我国传统医学的发展做出了巨大的贡献。

二

华佗是东汉末年人，由于淡泊名利，曾多次拒绝朝廷的征召，只想潜心研究医学，做一名能为百姓解除病痛的医生。为此，他曾在河南、山东、安徽、江苏等地游历行医，最终成为著名的医学全才。华佗不但精通内、外、妇、儿各科医学，还敢采用外科手术的方式疗愈疾病，在当时可谓享誉盛名。

　　有一次，华佗在路上遇到了一位正推车赶路的人，他发现这个人弓着腰背大喊肚子疼，便主动去为其诊治。华佗切了他的脉搏，又按了按他的肚子，认为这个人患上了肠痈，如不立刻治疗，则有丧命之虞。于是，华佗立即将病人安顿到室内，给病人用酒冲服了麻沸散，待其没了知觉，便给他开刀切除了肠道的病灶，缝合后又为其敷上了特制的药膏。在华佗及时且对症的治疗下，病人的伤口四五日便愈合了，不过一个多月的时间，他便恢复了健康。

　　华佗在医学史上的最大贡献就是发明了麻沸散，以施行外科手术。我们知道，外科手术所遭遇的最大困境就是疼痛，有些病人甚至在医生施行手术的过程中被活活痛死，也正因为疼痛这一困扰，使得外科手术的发展十分缓慢。而华佗在施行外科手术时，发明了用酒服麻沸散的方式，对患者进行了全身麻醉，使得外科手术的施行大大降低了失败的风险，也减轻了病患的痛苦。

　　除过在外科医学方面的成就，华佗作为一个医生，还十分重视体育锻炼，强调要用体育锻炼的方法增强体

质，从而预防疾病的发生。据说，有一次，华佗看到几个小孩抓着门闩摇摇摆摆地玩耍，突然想到古人说的"户枢不蠹，流水不腐"的道理。他仔细琢磨着，这门户只要经常开关，就不容易损坏或锈住，那么人只要经常活动，使得体内的气血畅通，身体不也会更加健康嘛？于是华佗便开始研究锻炼身体的有效方法。而最终，华佗通过模仿动物的形态，结合中国传统的导引术，发明出了"五禽戏"。所谓"五禽戏"，就是模拟虎、鹿、猿、熊、鸟五种动物的一种保健体操。通过模拟老虎的猛扑、小鹿的飞奔、猿猴的跳跃、黑熊的漫步、鸟儿的展翅，增强人的心肺功能，强身健体。因为动作简单，男女老幼都很容易就能学会。在华佗看来，人要坚持运动才能保持身体的健康，这种观点其实也是如今预防医学的观点，可谓是十分先进的思想。同时，他所编制的"五禽戏"，也开创了我国医疗体育的先例，对后世同样有着重要影响。

华佗在诊疗上，十分善于望诊与切脉，他能够通过观察病人的面色与病态对疾病做出正确的判断，从而及时施以正确的治疗方案。并且，华佗在治疗过程中，还十分重视同病异治与异病同治的原则，这种辨证论治的思想对后世医学的发展也有着十分积极的影响。同时，在华佗的传记中，还写到他利用心理疗法治愈病患的案例，这在我国也是最早的记载。

三

张仲景是东汉末年较华佗稍晚的著名医学家，是古代中国传统医学的集大成者和代表人物。

张仲景曾在长沙担任太守，由于当时规定当官的不能随意进入民宅，身为太守的张仲景就无法亲自入户为百姓诊病医治。可是，医术高超的张仲景又不想白白浪费自己的才学，便择定每月初一与十五两天，大开衙门，不过不是处理政事，而是让有病的百姓前来找他诊病。当地的百姓得知自己的父母官如此亲民，再加上张仲景本身医术就很高明，为百姓们解除了许多病痛，因而百姓对他都十分拥护爱戴。而后世之所以将看病的医生称为"坐堂医生"，也是为了纪念张仲景的缘故。

此外，由于看到冬天无家可归的百姓们冻烂了耳

朵，张仲景还研究出了一个食疗的方子，叫"祛寒娇耳汤"，并在冬至那天让徒弟们在外面搭了棚子，支上一口大锅，给穷人们煮着分发这"祛寒娇耳汤"。这"祛寒娇耳汤"，就是把羊肉和一些祛寒的药物一起煮熟后捞出切碎，再包入面皮中捏成耳朵的形状下锅再次煮熟。人们吃了这"娇耳"，再喝了这热汤之后，顿觉浑身发暖，两耳生热，再也不会把耳朵冻伤了。而这就是我们今天冬至时节吃饺子的来历。

张仲景以其著作《伤寒杂病论》闻名后世。这里所谓"伤寒"，并非现代医学意义上的肠道疾病，乃是多种外感热病的统称。伤寒在我国古代早期，是给人们带来极大危害的致命疾病，因此很早就引起了医家的重视。秦汉以来，许多医家及医学典籍中都多有对伤寒的论述。例如《素问》中就有专篇讨论"热病"，《难经》中也有对伤寒所进行的分类论述，医学家淳于意、华佗等也曾对伤寒的具体案例进行过论述。出土文物中，如居延出土的汉代医学竹简、甘肃武威出土的汉代医学竹简，都对伤寒的名称与症状有所记载，并指出外感风寒应该以温法治疗。而张仲景正是在众多前人研究伤寒的基础之上，对此类疾病的症状与疗法进行了总结性的研究与论述。

张仲景所生活的东汉末年，由于战争频发，瘟疫也四处流行，尤其是伤寒这种病，导致不少百姓丧生。疫病的流行使得医生在当时成了一个香饽饽职业，不少人趋之若鹜，却少有人有真才实学，更多是一些庸医为了赚钱而随意开方抓药，昧着良心赚钱。张仲景对此十分气愤，便决心潜心钻研出控制瘟疫流行、根治伤寒的方法来。终于，在充分学习前人医学理论与结合个人临床经验的基础上，张仲景撰著出了《伤寒杂病论》这部划时代的临症医学著作。

四

孙思邈是唐代京兆华原人（今陕西省耀县），天资聪颖，通经史亦知百家。由于自幼体弱多病，孙思邈一直着意于研究古代的医学典籍，并在学习与实践中渐渐积累了大量的医学经验，最终成为了远近闻名的医学大家。

孙思邈不但医术高明，心地也十分善良，经常主动帮人诊病医治。有一次，他正在路上走着，偶遇有一队人正抬着棺材前去送葬。待棺木经过，细心的孙思邈突然看到棺木过处的地上新滴落了几滴鲜血。根据多年的行医经验，孙思邈认为如若人已经死去，流出的血液绝不可能这般新鲜。便主动上前询问，从而得知，原来这棺木里是一位刚刚因难产而去世的少妇。孙思邈闻言再次查看并闻了流出的血液，表示棺木中的少妇其实并未真正死去，他想要尽力救治一下这位少妇。家人听到孙思邈要开棺救人，原本是不乐意的，然而想到少妇尚且年轻，而且孩子未能出生也着实遗憾，便同意让孙思邈一试。待打开棺木，孙思邈找准穴位，一针扎下，只见少妇旋即开始抽动，同时也又有了气息，之后慢慢苏醒，还顺利地生下了一个男婴。家人见状，转忧为喜，拉着孙思邈千恩万谢。

传说中，孙思邈还用悬丝诊脉的方式为唐太宗李世民的长孙皇后医过病。唐代贞观年间，长孙皇后怀孕足月后一直无法生产，难受得卧床不起。太医院的医生想尽办法为长孙皇后治疗，可依旧不见效果。这时，大臣徐茂功便向唐太宗推荐了孙思邈，说孙思邈的医术在民间颇受认可。唐太宗便将孙思邈请入了内宫，命其为长孙皇后诊治。然而，这毕竟是给皇后诊病，一介匹夫，岂能触碰皇后玉手呢？不过孙思邈并没有为此而作难。只见他拿出一条红色的丝线，叫侍女将这条丝线系在皇后的手腕，而自己则捏着丝线的另一端，凭借丝线来感受皇后的脉搏。很快，孙思邈便诊断出了皇后的病症，之后只在皇后左手的一个穴位扎了一针，皇后便觉肚痛难忍，不一会儿，一个婴儿呱呱坠地。至此，唐太宗悬着的心也终于落了下来。唐太宗原本想要赐其高官厚禄，孙思邈却表示自己只想当一个普通的医者，造福百姓。开明的唐太宗也乐意成全孙思邈的志向，并一直对他礼遇有加。

五

　　李时珍是湖北蕲春县人，我国明代著名的医学家、药学家，出身于医学世家，父亲李言闻是当地著名的医生。

在父亲的影响下，李时珍从小就十分喜爱医药学知识。但由于当时医生的社会地位并不高，李言闻便不想自己的儿子学医，而是令其专研儒学，将来好去考科举，一举中第。可是，醉心医学的李时珍对科考并不特别感兴趣，考中秀才后，几次应试皆未能及第，于是便下决心放弃科考，全心钻研医学。李时珍从小所读书籍遍及经史子集，这便为他积累了十分广博的知识。在医学研习中，李时珍先是对各类药物的名称、性能、疗效、炮制方法以及分布地区等，深入地了解与研究。其后，他便走出书斋，对各地的药物进行实地的考察，进一步积累了第一手资料。在实地考察的同时，李时珍还亲自做了许多药理学实验，例如他曾采集茄花后亲自品尝，以验证书中所写到的茄花可以使人大笑以及麻醉的功效。他从不迷信前人的学说，凡事必当自己亲身验证，治学可谓严谨。

有一次，李时珍在回家途中，遇到几个赶车的马夫，围着一个小锅，把一种野草连根带叶煮进去，然后分喝煮好的水。李时珍不知道那些马夫煮的是什么，便前去询问。于是那些马夫便告诉李时珍："这是鼓子花，前辈们都说这鼓子花煮了喝可以舒筋活血，我们试了发现果真很有效，便常常采来煮着喝。你晓得的，跌打损伤是我们车夫的家常便饭，还好有这么个好东西，让人舒坦很多。"李时珍听后十分喜悦，赶忙把车夫的这个经验记录了下来。而这件事也让李时珍意识到，智慧在民间，必须加强实地考察，收集更多的第一手资料以及老百姓们在生活中积累的各种经验，才能对这世间的药草有更深入更全面的认识。

经过数十年的研究与考察，在李时珍60岁时，他的代表作《本草纲目》终于撰成。这部著作共52卷，收录记载药物共计1892种，附录医方11096首，同时，书中还有李时珍亲自绘制的药物图谱共计1109幅。《本草纲目》出版之后，迅速得到了国内医药学界的推崇与赞赏，在国内产生了极大的影响。《本草纲目》初刊十一年后，江西刊本即被传播到了日本，并在日本被翻印。后来日本学者又将其翻译成日语，有关《本草纲目》的研究在日本也十分热门。18世纪初，《本草纲目》被传

播到了欧洲，而至18世纪末，此书已有英、法、德、俄等多部译本。19世纪英国生物学家达尔文也表示曾经受益于《本草纲目》。

纵览我国漫长的医学史，医药名家们以人为本的立场，具体问题具体分析的方法，医术与医德并重的态度，至今仍闪耀着文明的光辉。

思想碰撞，百家争鸣

两千多年前的临淄城，稷下学宫，和往常一样，不同学派的学子在这里阐述着各自的观点。

儒家学派的学子首先站出来，一身正气地说："现在天下战火纷纷，诸侯之间攻伐不断，都是因为周天子权威衰落。当礼制、战争都出自天子的命令，全国归于大一统，各个贵族都践行仁政，君主有君主的位置和品德，臣子安守臣子的位置和品德，父亲有父亲的社会地位和品德，儿子安守儿子的位置和品德，天下不就安定了吗？"

墨家弟子不屑一顾地说："你们儒家就知道讲虚伪的道德，如果所有的君主和父亲都能够让自己的道德和位置相匹配，天下哪里会大乱呢？当初周王室不也是

殷商的臣子吗？就是因为人们分出了高下亲疏、彼此远近，才会有那么多私心。让天下恢复和平，就要让人人平等，所有人都参加体力劳动，摒弃一切享受型的生活方式，即便是老弱病残，也要教给他们必要的生存技能。大家都相互关爱，不再相互攻伐，天下自然就能恢复和平。"

法家门徒站出来说："你们都是空想。不管是儒家提倡的以德治国，还是墨家提倡的兼爱非攻，要如何实现呢？你们游说了那么多国君，有谁会心甘情愿去过苦日子呢？趋利避害是人的本能，让人放弃本能，注定是只有极少部分人才能做到的事情。依我看，要实现天下太平，必须依靠严刑峻法，要让人知道什么事情能做，什么事情不能做，应当做的事情做得好就可以受到奖赏，不应当做的事情做了就会被惩戒，使国家自动运转，哪怕君主昏庸，也不能影响社会的运行。"

……

战国时期，面对战火纷飞的现实，不同思想流派都有自己的主张，在当时学术氛围最为自由活跃的稷下学宫，常常出现这种类似论战的场面。

春秋战国时期，由于王权的衰落，诸侯争霸，各个政治团体为了使自己的权力更加强大，纷纷不拘一格地招揽人才，同时社会的剧变也促使更多人去思考国家的兴亡、社会的变迁、世界的真理，形成了各种思想流派，出现百家争鸣的局面。儒家、墨家、法家是当时最为典型的代表。

墨家的创始人为墨子。墨家主张兼爱，即爱人如爱己，并强调人们应该依靠自身的力量从事生产、创造价值。因此墨家特别重视社会实践，是典型的实践派。墨家通过自己的实践，发现了数学、光学、力学等学科的许多原理，在诸子百家中最具有科学精神。

法家主张以法治国，所谓"不别亲疏，不殊贵贱，一断于法"。春秋时期，管仲、子产皆是法家的先驱。战国时期，李悝、商鞅、申不害、慎到等则进一步丰富了法家学派。至战国末期，韩非综合商鞅的"法"、慎到的"势"和申不害的"术"，集法家思想学说之大成。而秦国之所以能够灭六国而统一中国，也是因为在

那个特殊的时代崇尚法家思想的缘故。

此外，还有一个虽不爱游说君主，却对后来君主治国影响很大的学派——道家。道家因以"道"为核心理念而得名，其代表人物是老子、庄子等人。庄子较少关心政治，追求自身与自然的和谐统一。而老子在他的著作中不但对世界本原、自然法则进行了较为深入的探讨，还希望统治者能够遵循自然的法则去治理国家，无为而无不为。

儒家，其代表人物是孔子、孟子、荀子等人。儒家崇尚的是"礼乐"与"仁义"，提倡"忠恕"与"中庸"之道，在政治上则主张"德治"和"仁政"。尽管在尔虞我诈的春秋战国时期，儒家学说并没有多受欢迎，却在后世汉武帝下令"独尊儒术"之后，成为对我国文化影响最大的一个思想流派。直到今天，儒家所倡导的很多内容，还对我们的行为有着深刻的指导意义。

思想的繁荣造就的是文明的繁荣、社会的进步，在经历过百家争鸣之后，我国的文明之树又生长出更加繁茂的枝丫。

"有教无类"的至圣先师

　　在孔子所生活的时代，原本只有贵族可以接受教育。可是孔子十分不认同这种垄断式的教育方式，他提出"有教无类"，就是说，无论身份地位的高低，无论是谁，都有接受教育的权利。因此，孔子便自己作为老师开办私学，只要愿意入门跟着他学习的，他都愿意悉心去教导。与此同时，他还四处游学，去宣传他的思想。渐渐的，孔子的学生越来越多，分布在当时的许多诸侯国，为社会培养出了众多德才兼备的人才，其中一些人还成为所在国的高层，有较大的的影响力。而且，这种打破贵族阶级垄断教育的成功尝试，也使得中国两千多年的古代社会形成了积极向学的风气，为中华文明的传承与发展做出了巨大的贡献。

由于招收的门徒越来越多，而大家又分别来自不同的诸侯国，从事着不同的工作，致使性格也千差万别。于是，孔子在教育的过程中便慢慢体会到，要想让每一个学生都能得到最好的发展，就必须结合他自身的性格、兴趣、能力等多方面因素，给予其个性化的教学与指导，这种教育思想便是"因材施教"。在孔子比较有名的弟子当中，子路的个性比较急躁，冉有的性格则十分谨慎。于是在子路与冉有同时向孔子请教一件事应不应该马上去做的时候，孔子便给了两人截然不同的回答。孔子对子路说："不行不行！你有父亲和兄长，你回去先和父亲兄长商量商量再决定要不要去办吧！"而对冉有则斩钉截铁地说："完全可以，你赶紧去做吧！"公西华听到了孔子与两人的对话，十分不解，便请教孔子为什么同样的问题他却给出了不同的答案。孔子解释说："我之所以让冉有赶紧去办，是因为他这个人生性喜好犹豫，做事总是不能很快决断，决断了又不敢去实行，总是畏畏缩缩的，所以我就鼓励他大胆去做自己想做的事。而子路这个人呢，生性鲁莽，做事总是不计后果，所以我才让他先回去和父兄商量，冷静冷静，再决定要不要去做那件事。"除此之外，在不同的学生向孔子请教"仁"的含义、《诗》的含义时，孔子往往也会根据不同学生的理解能力，给出不同的回答。这就是所谓的因材施教。

孔子的这些教育思想，不仅在他所生活的时代为社会培养出了许多出色的人才，也在相当长的历史中为我国人才培养发挥着重要的作用，因而孔子在后世被称作"至圣先师"。

秦王朝的制度文明

公元前221年，春秋战国时期以来的分裂局面在秦始皇嬴政消灭了东方六国后宣告结束，中国历史上第一个真正意义上的统一王朝正式建立，这便是秦朝。大一统王朝的建立，给统治者也带来了新的挑战，庞大的国家究竟应该采取怎样的方式来治理，丞相王绾与廷尉李斯对此展开了一场论争。

西周王朝所制定的分封诸侯的办法，对于治理一个疆域广阔的国家，无疑有着巨大的优势，于是丞相王绾等便率先向秦始皇进言，说："如今各诸侯国刚刚被秦国打败，难免有人不服气，再次举兵造反。距离都城近的地方好说，陛下您派兵很快就可以镇压平定，可是像燕国、齐国、楚国这些地方，地处偏远，如果不在当地设立诸侯王加以管理，出了问题，恐怕无法及时镇抚啊！所以臣恳请延续周朝的分封制，将皇子们分封至各地成为诸侯王以管理地方。"秦始皇听后，让群臣一起讨论丞相的建议，不少大臣都认为丞相所言极是，表示赞同。可是，廷尉李斯却不以为然，站出来反对："分封诸侯不能说没有一点好处，当年周文王、周武王将子弟与同姓亲属分封为诸侯王，刚开始的时候，这些诸侯王确实念及亲情或恩情，十分维护周天子的权威。可是，随着时间的推移，他们的后代已经没有了最初的情感羁绊，关系也就慢慢疏远，于是诸侯之间彼此征战不说，还都妄图取代天子，而周天子最终也无力阻拦，只能任由昔日完整的国家分崩离析、战乱不断。现在天下依赖陛下得以再次统一，臣以为最好的办法并非分封诸侯，而是设置郡县，这样才能将国家的统治权牢牢掌控在陛下的手中啊！而对于皇子与功臣们，只要用国家的赋税多多地赏赐他们，相信他们也不会有异心的。天下没有异心，权力没有分散，这才是使国家统一安定的办法！"秦始皇听后，十分欣喜，立即表示赞同："朕也

一直以为过去天下人因无休无止的战争而困扰，都是那些诸侯王争夺权力的缘故。现在朕仰仗祖宗神灵，终于使得国家统一，天下安定，倘若再分封诸侯国，那不就是在为未来制造战争吗？还是廷尉说的有道理。"

于是，为了便于中央的集权与管理，秦朝没有沿袭春秋战国时分封列国的传统，而是将广阔的疆域分为36个郡，而每郡之下又设置若干县，郡由中央派郡守管理，每县亦由中央任命负责管理本县事务的县令，而且所有的官职不能世袭。全国所有的政策与法令，都是由朝廷统一颁布。国家的最高统治者乃是皇帝，其下设立执掌行政、军事与监察的官员，分别称丞相、太尉、御史大夫，协助皇帝处理有关政务。此外，中央还设有多个部门，所有部门都必须听命于最高统治者皇帝。这样的中央集权制，相较于之前的分封制，无疑更有利于国家的统一。这样的统治制度在秦以后的历代王朝基本上延续了下去。

为了全面巩固新兴的统一政权，秦始皇还采取了许多重要的措施，如统一货币、统一度量衡以及"车同轨、书同文、行同伦"等。

　　战国时期，由于诸侯国基本上是相对独立且各自发展的，因而各个诸侯国不论是文字、货币，还是度量衡、行车轨道都有一定程度的差别。当一个统一的王朝建立之后，文字、货币等的不统一，无疑会给人民的生活带来极大的不便和困扰。于是，秦始皇下令废除了六国文字，以秦国使用的小篆作为标准字体并加以推广。文字的统一，对政令的畅通实行起到了十分重要的基础性作用。与此同时，秦始皇还下令废止之前各国的钱币，以秦国圆形方孔铜钱"半两钱"作为国家的法定货币，还规定以秦国的度器、量器、衡器作为国家的标准计量工具，从而统一了国家的计量标准。有关行车轨道，当时的道路和现在不同，并非一马平川的平路，而是要根据马车车轮的轮距，在地上凿出相应的轨道，马车便在轨道里行驶。战国时各个诸侯国的马车轮距不一致，因此在地上凿出的轨道宽度也不一致。如果要乘车去不同的地方，那就要准备不同规格的马车，十分不便。所以，秦朝便统一了马车的轮距以及道路车轨的宽

度，使车辆在各地之间畅通无阻。并且，秦朝还以都城咸阳为中心，修建了数条通往原先六国地区的道路。这些道路宽近七十米，路旁种树，路面也经过了夯筑处理，可以使得车马快速行进，因而被称作"驰道"。不仅如此，秦朝还修建了从咸阳直达黄河的"直道"，穿越秦岭通向巴蜀的栈道以及在云贵高原崇山峻岭间狭窄的"五尺道"。

除了上述巩固统一的措施，秦始皇还重视移风易俗，统一各地伦理道德规范，构建文化层面的统一与认同。

秦朝在我国历史上虽然只有公元前221年到公元前207年这短短的15年，但秦朝的政治文明成果以及建立的制度体系，则影响了后世两千多年，至今仍有许多值得借鉴的优秀经验。

刘邦与百姓约法三章

刘邦是汉朝的开国皇帝。秦朝时，刘邦是沛县的泗水亭长，在当地小有名望。当时，刚来沛县定居的吕公和县令是好友，因此常常有人来拜访吕公，刘邦听闻后也去凑热闹。吕公对于来访的客人，凡是贺礼不到一千钱者一律只让在堂下就座。刘邦虽然未带分文，却佯称自己出贺钱一万，吕公听闻，连忙亲自出来迎接，并将刘邦请入了上席。吕公善于相面，看到刘邦后，便知其将来必有大成就，因此不但没有介意刘邦并无贺礼，还把自己的女儿许配给了他。这个女儿便是吕雉，即后来的吕后。

秦末由于苛政导致天下大乱，民心不稳。有一次，作为泗水亭长的刘邦押送着泗水郡的徒役去骊山服役，

途中有不少徒役都逃走了。刘邦心想，照这个形势，估计等到达骊山这些徒役都得逃光了。于是便在经过芒砀山时趁夜将剩下的徒役也都放走了。刘邦让他们自行逃命，说自己也要远走高飞。徒役中有一些身强体壮的，感念刘邦的恩德，不肯离去，表示愿意跟随刘邦闯天下。

公元前209年，陈胜、吴广二人在大泽乡起义，建立"张楚"政权。沛县的县令也想响应起义，于是沛县的官吏萧何与曹参就劝县令召回本县流亡在外的人，以增加实力。县令便派遣樊哙去邀请刘邦，此时跟随刘邦的精壮人士已达数百之众，当刘邦率众回到沛县时，县令颇觉后悔，唯恐引狼入室，便命令关闭城门，还要捉拿萧何与曹参。二人赶忙逃出城，并传信给刘邦，于是刘邦便向城内射入一支箭，箭上绑着一封信，鼓动城中百姓杀掉县令。沛县百姓原本就对县令多有不满，不多久，百姓便杀死了县令并迎刘邦入城。其后，在萧何与曹参的举荐之下，刘邦成为了领导沛人起事的沛公。

除了刘邦，昔日楚国贵族的后代项梁与项羽，也在会稽郡吴县（今苏州）起兵，并且兵力十分雄厚。刘邦自知力量不如项氏，便带领人马投奔了项梁。项梁根据范增的建议，立战国时期楚怀王的孙子熊心为新的楚怀王，以楚国的名号与秦国对抗。项梁牺牲后，刘邦和项羽便成为楚怀王手下实力较强的将领。秦军攻赵，赵王向楚怀王求救，楚怀王派项羽等将领去救赵，为了分散秦军力量，又派遣刘邦率领一支部队向西直接攻打秦军，并约定，谁先占领关中，谁就做关中王。

在项羽吸引了秦军主力的情况下，刘邦带兵西进，途中秦军纷纷投降，因而刘邦十分顺利地便进入了关中，到达距离秦都咸阳只有几十里的霸上。接着，秦王子婴也向刘邦投降，于是刘邦又顺利带兵进入了咸阳。刘邦原本想要在咸阳的宫殿住下，看到秦宫里的珍宝、美女也颇为心动，但是在樊哙与张良的劝阻之下，刘邦还是将军队撤回到霸上，并召集当地的父老豪杰，与之约法三章：杀人的要被处死，伤人与盗窃的要被判罪，其他秦国的严苛法令都全部废除。他表示自己来到关中，是要为民除害，绝不会有欺凌百姓的暴虐行为，而且自己之所以回军霸上，也是用行动表示将会等待诸侯

到来从而制定共同遵守的纪律。关中的百姓都十分赞赏刘邦的言行，争先恐后地拿出美酒美食以犒赏刘邦的军队。

正是因为刘邦在攻城时不靠蛮力，而是能够采纳好的意见，运用智慧，文明行事，才使得他能够赢得民心。而最终，刘邦在楚汉相争中获胜，随后建立了大汉王朝，实施了许多在当时具有先进文化思想的执政措施，推进了中华文明的演进。

"仁政"的政治思想

汉文帝四年（前176），齐太仓令淳于意被人告发受贿。根据当时的律法，淳于意要被送往长安议罪，可能判死刑，或者被砍去手脚。在押解路上，虽然有五个女儿陪伴在后面，但女儿们只是哭。心烦意乱的淳于意急怒之下说："没能生个儿子，遇到急事连帮忙的都没有！"小女儿缇萦听到这句话更加伤心，但心里也有了主意。

缇萦来到长安后，上书给皇帝："我的父亲作为一个小吏，平时的口碑很好，大家都说他廉洁公平。今天他被牵连进这样的案子，臣妾只是遗憾人死不能复生，伤残的肢体也再也不能复原，即使想改过自新，也再也没有救赎的机会了。臣妾愿意入宫为奴为婢，替父亲补

赎罪过，只请陛下能够法外开恩，让我的父亲能以健全之躯改过自新。"汉文帝因为缇萦的上书感到悲伤，在这一年废除了肉刑，即残害肢体的刑罚。

汉文帝因为体察到肉刑的残酷而废除了它，正是孟子所说："恻隐之心，仁之端也。"因为他人不幸而同情，这就是仁的开端。而孔子在解释"仁"时也说"仁者爱人"，仁就是关爱别人。孟子把关爱别人的品德上升到国家政治层面，认为政策的制定、法律的执行都应该体现"仁"的思想，这样的政治就叫做"仁政"。

"仁政"的概念虽然由儒家提出，实际上，许多思想家都有爱护人民生命的主张。人殉的废除就是一个典型。1976年的一天，陕西省宝鸡市凤翔县城南的一个赵姓村民到一片荒地取土时偶然发现了一座大墓。经过十年的发掘，规模宏大的秦公一号大墓展现在世人面前。秦公一号大墓不仅埋葬着秦景公，还有20个妙龄少女长眠于此，她们是秦景公的人殉。人殉曾是商代上层非常流行的风俗，不只是奴隶，连低级贵族都有可能为了给高级贵族献祭而被杀。这样的葬俗，怎么会出现在春秋时期的宝鸡呢？

公元前905年，因为非子给周王室养马有功，周天子将秦邑分封给非子和非子的族人，这些人后来就建立了秦国。非子姓嬴，祖先是商代的诸侯，因参与西周初年的叛乱，被周王室赶到了周王朝的西陲，也将商代的文化带到了所生活的地方。直到一个人的出现，才让秦国彻底放弃了绵延上千年的人殉传统，这个人就是商鞅。

由于地处华戎杂居之地，又在风俗上保留着陈旧的传统，秦国国力弱小，被以"诸夏"自居的中原列国看不起。秦孝公为了提升国力，任用卫国人商鞅分别于公元前356年和公元前350年进行变法。

商鞅认为，人口是国家的重要资源，不能随意杀掉，于是在第一轮的变法中便废除了秦人传承了几百年的人殉制度，移风易俗，改造观念，果断摒弃掉不符合时代精神和社会整体利益的旧文化、旧思想、旧道德，让秦国与时俱进、飞速发展。由此，秦国一跃成为战国时期的大国、强国。

能够开创盛世的明君与圣主，往往都会把施行仁政

作为治理国家的首要策略。例如东汉的开国皇帝刘秀，为了安抚王莽之乱后怨气冲天、动荡不安的社会，便施行仁政，他在政治上整治官风，在经济上减少赋税，国家在他的统治下，渐渐变得安定祥和。唐太宗李世民也十分推崇仁政，他致力于增加平民的土地，减少赋税的压力，并以开放包容的心态虚心接受臣子的批评与建议，使得大唐王朝最终迎来了空前的繁盛。宋太祖赵匡胤被誉为"仁政圣王"，他除去减轻税负、扩大土地之外，还实施了紧缩开支的策略以减轻百姓的负担。

由此可见，儒家的仁政思想不但是中国政治文明的典型代表，更是中华文明得以传承至今的有力保障，对后世有着非常深远的影响。

在丝绸之路播撒
和平理念

　　汉昭帝时，汉朝使者傅介子率领着使团，带着恢复
丝绸之路和平繁荣的目的来到楼兰国。一开始，楼兰国
国王安归对傅介子的态度非常冷淡，傅介子只能先去都
城西边安顿下来。他故意把随身携带的金银和精美的丝
绸给楼兰翻译官看，说："这些珍宝原本是要献给楼兰
国国王的，他既然不喜欢，我就把这些东西送去西边的
龟兹吧。"翻译官把所见所闻告诉了国王安归，安归不
禁对那些金银和丝绸起了贪念，于是改变主意决定正式
接见大汉使团。

　　傅介子献上珍宝，和国王安归欢快宴饮。见安归有
些醉了，傅介子便对安归说："大汉天子命令我来到楼
兰，还有更重要的事情，需要私下对您说。"安归便跟

傅介子进入使团下榻的帐篷，这时汉朝使团的两个随从突然拔出刀剑从背后刺杀了安归。傅介子顺势在楼兰国宣布了安归不敬汉朝的罪状，并让曾在长安当过质子、对汉朝更有归属感的王子成为新一任楼兰国王。

这就是傅介子一人灭一国的故事。

傅介子杀安归是事出有因的。汉武帝时，张骞开通了丝绸之路，经过一系列的战争，西域诸国和汉朝廷建立起朝贡秩序，开启了以和平为基调的新历史。但是，因为汉武帝时期战争过于频繁，导致"海内虚耗，户口减半"，和西域的联系不得不中断。而匈奴趁着汉王朝战略收缩之时，再次将势力渗透进西域。

汉朝由于物产丰饶，在和西域互通有无的过程中，丝绸之路沿途各国都感受到了共同发展的好处。但匈奴在西域的政策却是奴役和战争。匈奴通过在楼兰等国扶植代理人，控制并奴役西域各国，楼兰等少部分国家则在其中捞取好处。傅介子认为，必须以雷霆之势让楼兰倒向大汉，以此一方面震慑西域各国中倾向匈奴的势力，另一方面为恢复丝绸之路的朝贡体系和商业贸易做准备。

　　傅介子的特别行动取得了良好的效果，汉宣帝时，汉朝设置西域都护府，彻底将西域纳入自己的版图，有效保障了西域的安全和繁荣。从那时起，只要中原王朝实现了内部的统一和稳定，就一定会将维护安宁的社会秩序和共同发展的理念，连同中华文明的物质与精神瑰宝带去西域，进而播撒到了丝绸之路的每个角落。

磁铁——来自大地的神秘力量

　　汉武帝喜爱神仙方术、奇珍异宝，因此常常有方士向他献宝，讨他欢心。当时有一位方士，名叫栾大，说是要进献给汉武帝一副棋，名曰"斗棋"。汉武帝看后，觉得这黑乎乎的棋子根本无法与那些用黄金玛瑙等名贵材料制造的棋子相比，便没了兴趣。这时，栾大看出了汉武帝的心思，只是淡淡地说了一句："陛下您别急，臣这就让您看看这副棋的神奇之处！"说着，他从袋子里又摸出了几枚黑黑的棋子，往棋盘上轻轻一摆，神奇的事发生了。只见棋盘上的棋子突然动了起来，时而相互吸引，时而相互排斥，好似几个活物在打架。汉武帝大吃一惊，连连称赞。栾大看汉武帝龙心大悦，心中窃喜，心想这下得到的赏赐定然不会少。果然，栾大被汉武帝封为"五利将军"，可谓名利双收。

那么，栾大是怎样让棋子在棋盘上活起来的呢？其实十分简单，他不过就是利用了磁石吸铁的原理罢了。不过汉武帝当时不懂这一原理，才被栾大的"斗棋"惊得目瞪口呆。

在我国古代，很早就有人发现了磁铁矿，并对磁力有了认识。栾大的"斗棋"是一例，后来，西晋名将马隆还将磁石运用到了战争当中。咸宁五年（279），马隆西征讨伐鲜卑，鲜卑首领秃发树机能率骑兵万人据险抵御。当时山路狭窄，马隆心生一计，命人将巨大的磁石堆放在敌人必经的道路两旁，当穿着铁甲的鲜卑敌兵路过此处时，都被磁石牢牢吸住不能动弹。而马隆的军队均披革甲，不受磁石的影响，仍能自由行动。秃发树机能部众大为震惊，以为马隆军有神灵庇护，心生畏惧，不敢再战，死的死，伤的伤。马隆大获全胜。

磁铁的运用，对世界影响最大的，还要数指南设备的发明。早在战国时期，我国的科学家就已经制造出了能够指示方向的设备——司南。而到了宋代，人们更是

利用人工磁化的方法，使得较小的金属片甚至一根细针带上磁性，从而制造出更便携带的指南鱼、指南针。

这些新型指南设备被发明后不久，便被运用在了我国的航海导航中，这在世界范围内也是最早的。对磁性的认识和利用，不仅为我国的海上对外交流提供了方便，也为世界航海技术的革新做出了巨大贡献。

黄豆的妙用

豆类在我国是较早被普遍种植的农作物之一，在古时大豆（即黄豆）被称为"菽"，小豆被称为"荅"。古人有"九谷"或"五谷"之说，而这其中都有"豆"的一席之地。大豆生长期短且易于种植，因此人们常常大量种植大豆以应对凶年无粮可吃的窘境。也正因为如此，古代中国人对于如何食用大豆，也早早探索出了各种花样。例如豆腐，就是其中一项创造。

相传，豆腐的发明者是淮南王刘安。关于刘安是如何发明的豆腐，历史上有两种说法。一说是因为刘安的母亲雍氏平日里十分喜欢吃黄豆，可是，有一次雍氏生病了，没有办法吃进整粒的黄豆，刘安就命人将黄豆磨成粉末，可是这粉末吃起来又太干，他便又命人加水冲

成豆乳。刘安尝了尝豆乳，觉得寡淡无味，便又放了些盐卤，神奇的是豆乳竟然凝结成了块状的东西。虽然是固体，但是吃起来却十分软糯。雍氏吃了这种凝成固体的豆乳后很是高兴，病情也逐渐好转。从此，豆腐就出现在了人们的餐桌上。另外一种说法是豆腐可能是刘安在组织方士们炼丹的时候偶然发现的。因为在炼丹时常常会用到许多矿物和无机盐，而豆乳则被用作炼丹的母液，两相结合，偶然间便使豆乳凝固成了豆腐。

　　尽管传说中豆腐是淮南王刘安的发明创造，但实际上，这应该是古代先民集体智慧的产物。大约在五代时，中原劳动人民在与游牧民族交流过程中，学习借鉴了乳制品的加工方式，向煮沸后放凉的豆浆中加醋或石膏，让蛋白质发生变化，再压去水分，豆腐就做好了。豆腐不仅为普罗大众提供了廉价又易于消化的植物蛋白，提高了人民的身体素质，又因其洁白的色泽、低廉的价格，被文人士大夫赋予了高洁安贫的精神象征。而明人李时珍的《本草纲目》中有制造豆腐的详细记载。其称，无论是黄豆、黑豆、白豆、绿豆、泥豆或者豌豆之类，都可以用来制造豆腐。将豆子浸泡在水中，捣成碎末，过滤掉渣子后煮之。再用盐卤汁，或者矾叶、酸浆醋淀之类的东西令其收敛，也有用石膏末的，只要是咸苦酸辛的东西，都能使之收敛。李时珍所记载的制造豆腐的方法，与我们今天制造豆腐的方法，已经没有太大的差异了。

除了豆腐，诸如豆腐皮、豆腐干、千张、油豆腐还有豆腐乳、豆豉等，都是从很久以前就已经开始流传并延续至今的豆制品，美味且营养丰富，是中国美食文化中独具特色的一类，深受百姓的青睐。

豆豉是我国劳动人民用大豆制成的另一道美食。所谓豆豉，就是用盐把大豆腌藏起来用以调味的酱料，直到今天，豆豉在我们的饭桌上依旧备受欢迎，殊不知，它的发明可以追溯到两千年前。

豆豉是秦汉以后颇为流行的一种酱料，当时，人们不仅自己制造豆豉丰富自家的餐桌，还有人靠贩卖豆豉而发家致富。据《汉书·货殖传》记载，从元帝、成帝以来，直到王莽篡汉，在京师中有很多富贵人家，如杜

陵的樊嘉、茂陵的挚纲、平陵的如氏与苴氏、长安的丹王君房与鼓樊少翁，还有王孙大卿等。颜师古对这段的注解中道，其中樊少翁与王孙大卿，之所以能够拥有万贯家财，皆是贩卖豆豉的缘故。由此可见，豆豉在当时是多受青睐了。

豆豉除了是餐桌上的一道佳肴，据说还能疗愈疾病。

唐高宗上元二年（675），洪州（今江西南昌）阎都督因滕王阁重修落成而在重阳节大宴宾客。此时，王勃刚好路过此处，也被邀请参加了此次宴会。席间，阎都督请各位到场的文人学士为滕王阁重修落成写诗作赋，王勃便写了著名的《滕王阁诗并序》。阎都督读后，不禁为王勃的才华拍案叫绝。第二天，他又专门为王勃设宴，极尽礼遇。

几天后，王勃准备离开洪州，特地前来跟阎都督告别，却听闻阎都督因为外感风寒已卧病在床数日。阎家请了好几位有名的大夫，大夫们都主张用麻黄来医治。但是阎都督最忌麻黄，他觉得自己年纪大了，如果用麻黄那样的峻利之药，怕是会釜底抽薪啊！大夫们觉得阎都督所言也颇有道理，可是一时又想不出可以替代麻黄疗愈疾病的方子。

王勃知道后，便主张用民间小菜豆豉一试。王勃学过医，又见过老翁制作豆豉的方法，即先用麻黄、青蒿、藿香、佩兰、苏叶、荷叶等数种草药制成的汁液浸泡大豆，过后再将其煮熟并使其发酵，不久就可做成美味的豆豉了。王勃自己也吃过豆豉，真是一股清香直冲鼻窍，通身畅快。

可是，阎都督听了王勃的办法后，摇了摇头，说："不过是民间土菜罢了，怎么可以用来治病呢？"王勃劝他说："反正是民间土菜而已，既然不是药，自然也不会伤害身体，就配着每天的饭食吃一些即可，为何不试一试呢？"阎都督觉得王勃说得也有道理，就在饭食中加入了豆豉。谁知将豆豉入饭后，阎都督的病症竟然真的减轻了，不出几日便痊愈了。

都督病好后，又登上滕王阁专门宴请王勃为之践行，并想要给予王勃重金以答谢其愈病之恩。王勃却

说："都督不必谢我！我也是前几日在河边散步，遇到了一位制作豆豉的老翁，才让我想到此物或许可用。如果都督真想感谢我，不如帮助老翁开个作坊，扩大豆豉的制作，让这门手艺流传下去。"都督听后连连点头。从此，豆豉不仅在洪都流传，而且行销大江南北，至今不衰。

司马迁发愤著《史记》

  司马迁出生于西汉时期一个史官世家。他的父亲司马谈是建元至元封年间（前140—前105）的太史令，主要负责整理和记录历史。在父亲的严格要求下，司马迁刻苦读书，十岁时已经能够诵习《尚书》《左传》《国语》等书，积累了非常多的史学知识，从小便立志成为一名史学家。他深知"读万卷书，行万里路"的道理，于是从二十岁起就开始漫游各地，搜集逸闻旧闻，网罗古事遗事，掌握了丰富的古今历史资料。

  汉武帝元封元年（前110），司马谈在跟随皇帝前往泰山封禅的途中，突然得了重病，危在旦夕。这千年一遇的盛典，作为史官竟然无法亲身参与，司马谈的心中有无限的不甘。临终前，司马谈对儿子说："我们的祖

先是周朝的太史，曾经取得过显赫的功名，祖先的荣耀不能断送在我们这里。我死以后，你一定要继续担任太史，我那未完成的史书也就由你继续撰写了，你可一定不要辜负为父对你的期待啊！"司马迁拉着父亲的手，早已泪流满面："请父亲放心，孩儿一定会完成您的嘱托，而且，记录与传承历史，这也是我的心愿！"

　　父亲去世之后，司马迁便接替了他的职位，当上了太史令。在工作之余，司马迁一边整理之前收集的历史资料，一边继续撰写《太史公书》，即后来的《史记》。但是，没等司马迁顺利完成《史记》，他的命运就发生了巨大的变化。

　　当时匈奴屡屡侵犯边境，抗击匈奴是汉武帝时期的一件国家大事。但是，有一个叫作李陵的将军在作战中被匈奴俘虏。有人声称李陵已经投降，汉武帝听闻勃然大怒，认为李陵没有骨气，丢尽了大汉的脸面，必须诛他全家。这时，满朝大臣也随声痛斥李陵，唯有司马迁站出来为李陵辩护："陛下息怒！李将军对国家一直忠心耿耿，一片赤诚。这次战斗他以少敌多、顽强抵抗，即便真的投降，也许是他另有计划，想要再找机会报效国家也未可知！望陛下三思，莫要错杀啊！"这时汉武帝正在气头上，根本就听不进去司马迁的话，并且认为司马迁乃是为投敌者求情，不可饶恕。于是，司马迁也因此获罪，被投入了大牢等待处以死刑。

当时，被处以死刑的犯人若想不死，方法有二，要么缴纳高额的保释金，要么自愿接受宫刑。司马迁一贯清贫，再加上下狱之后亲朋好友纷纷避之唯恐不及，高额的保释金自然是拿不出的。可是对于一位士人而言，受宫刑是奇耻大辱，难道真的要为了保命自愿接受宫刑吗？在阴暗潮湿的大牢里，痛苦与绝望让司马迁真的很想放弃生命，一了百了。可是，父亲临终前对自己的嘱托又言犹在耳，自己对父亲的承诺还没有兑现，大丈夫一诺千金，怎么可以因为身体的痛苦就背弃诺言呢？于是，司马迁为了留住自己的生命，继续撰著《史记》，从而完成自己和父亲共同的心愿，完成父亲临终前对自己的嘱托，他毅然选择了接受宫刑。

宫刑带给司马迁在身体与精神上的摧残是难以言喻

的，可是继续编写《史记》的决心，给了司马迁惊人的毅力。最终，司马迁完成了《史记》的编撰，而这部优秀的史书以其独特的魅力在后世广为流传，并在千年之后被鲁迅誉为"史家之绝唱，无韵之《离骚》"。

古代的农业与农学

农业是农耕国家的基本，因此中国从古至今对农业生产的研究颇为重视。

——

汉成帝时，氾胜之以"轻车使者"的身份，被皇帝派去在关中民间推广小麦种植。当时农业生产水平低下，农民一年到头劳作，粮食产量却十分有限，常常吃不饱饭。当时的关中地区以种植小米为主，一般为春种秋收，往往到春夏之交，百姓家中的粮食便已经所剩无几，而冬小麦耐寒性极强，可以秋种夏收，正好解决了青黄不接引起的粮食短缺问题。关中平原丰富的面食文化就是在此时打下了基础。同时，为了提高小麦的出苗率与产量，氾胜之发明了"溲种法"，就是将羊屎、蚕

沙、附子、雪水或骨汁等，调成稠粥状，用来浸泡种子。经过浸渍后的麦种更加耐寒、耐冻，能为幼苗的成长提供更多养分，以提高小麦抗旱、防虫的能力。他还提示农人，在小麦的生长过程中，应适时地储备水分，以保证农作物的高质量生长。此外，他还推广了稗、芋头、大豆等一系列便于种植的农作物，以便为农民的生活提供保障。

　　氾胜之有着突出的重农思想，将粮食布帛看作国计民生的命脉，因此很注重推广先进的农业生产技术从而提高农业的产量。深入农业生产实践为氾胜之提供了丰富的经验，他通过研究当地的土壤、气候与水利等相关情况，因地制宜地总结并推广各种先进的农业生产技术，如"区田法""种瓜法""选穗法"等。最终，氾胜之将自己的这些经验整理成书，写出了我国历史上第一部农书——《氾胜之书》。

二

　　到了东汉时期，官员崔寔也十分重视农业生产。崔寔曾在河内郡汲县（今在河南卫辉西南）担任县令，带领百姓开垦稻田数百顷。而较之于氾胜之，崔寔更是认识到无论是农业，还是以农业为基础的工商业，都和季节有着很大的关联，因此必须按照农业生产的季节性规律安排具体工作，才能够获得更大的收益。于是，他便将前人以及自己的经验总结成书，按照月份梳理出了有关农业生产的备忘录，以供子孙后人参考实施，由此，中国第一部农家月令书——《四民月令》便应运而生。书中的内容不光涉及农业，还包括祭祀、家礼、教育，按照时令妥善安排耕种和收获粮食、油料、蔬菜，以及关于纺织、食品加工、修治住宅、农田水利、医疗卫生等各种各样的知识。通过阅读《四民月令》，我们可以了解到东汉时期洛阳地区农业生产与技术的发展状况，如其中最早记录了中国水稻的移栽与树木的压条繁殖方法等。

三

尽管东汉过后，中国一度进入混乱动荡的时期，可是农业发展的脚步并没有就此停止。北魏孝文帝在位期间，因在社会经济方面实施了一系列的改革，有力地

推动了社会的进步。而农学家贾思勰，则在这个时候充分认识到了农业生产与人民生活的关系，认为国家的强盛与否几乎直接决定于君主对农业是否重视，农业生产水平的提高，必须依靠政府官员和农民同时提高技术水平。因此，他总结前人与自己的实践经验，著成农学科技巨著《齐民要术》。所谓"齐民"，指的就是老百姓；而"要术"，则是指谋生的方法。为了写好这部著作，贾思勰不辞辛劳地实地考察，曾到过今天山东、河北、河南、山西等地，向当地的农民虚心请教，得到了非常宝贵的生产经验。为了更好地获得实践经验，他还亲自从事农业生产，开垦土地，养殖家畜。有一次，贾思勰养了两百头羊，到了冬天，因为饲料储备不足，大部分羊被饿死了。次年，他又养了两百头羊，吸取了先前的教训，为羊群准备了充足的饲料，可是羊还是接二连三地死去。贾思勰百思不得其解，听闻百里之外有位极其擅长养羊的农人，便前往请教。老羊倌在仔细问询了贾思勰养羊的具体情况后，帮助他分析了羊的死亡原因。原来贾思勰每次喂羊时，总是把饲料随意地扔在羊圈里，羊在上面踩来踩去，饲料便沾染上了羊群的粪便等秽物，羊不愿意食用这样的饲料，最后饿死了。知道失败的原因后，贾思勰并没有急着回家，而是在老羊倌家里住下，每日跟随羊倌养羊、放羊，认真学习了一套成熟的养羊经验。等回到家后，贾思勰按照老羊倌的方法养羊，果然取得了良好的效果。他将这些经验教训也一一记录下来。

《齐民要术》中的内容十分丰富，其中详细介绍了各种农作物以及经济林木的栽种生产，野生动物的利用，家畜、鱼、蚕的养殖与疾病防治，还有农副产品的加工与酿造等。而较之上述两种农书，《齐民要术》对自然规律的认识更为深入，提出了要顺应天时并按照土地的情况进行种植生产，如果只是按照主观意志而对天时地利不加考量，则会因为违反客观规律劳而无获。《齐民要术》成书后一直被历代统治者所重视，后世的农书也多以其为范本。这些重要的农学思想成就和实践经验代代相传，是中华文明的宝贵财富。

四

　　《王祯农书》《农政全书》是我国农学发展史上继《氾胜之书》《四民月令》《齐民要术》之后的两部具有百科全书性质的农学典籍。

　　《王祯农书》的作者王祯，是元代著名的农学家、科学家。

　　王祯曾先后在安徽旌德与江西广丰当过县尹，他不但为官清廉，而且愿为百姓做实事，深受当地百姓的爱戴。王祯一生勤俭节约，为官清廉，特别痛恨那些每日只知道鱼肉百姓的贪官污吏，他们整日前呼后拥地下乡"劝农"，实际上是对百姓进行敲诈勒索，名义上是"爱民"，实际上是"害民"。王祯认为这些人根本不懂得农作事宜，从来不会想到自己的每一口饭、每一寸丝都是来自山村农夫、农妇之手，只知道横征暴敛，通过搜刮民财来养肥自己，而不会真正为百姓考虑。一名合格的官员，不仅应该劝导农桑，还应该熟悉各种农业生产的知识，以此来为百姓谋取福祉，帮助他们走向富裕。王祯任职期间，非常重视农业生产，积极劝导农桑，鼓励百姓开垦荒地，奖励耕种，提高了农民从事农业生产的积极性。不仅如此，他还积极地学习农业生产知识与经验，广泛地搜罗古代的农书，如《氾胜之书》《齐民要术》等，认真学习了其中关于农业生产知识的记载。在从事农事活动时，也非常注意不同地区的农事操作习惯的差异，以及农业生产工具的使用，对长期以来的农业生产经验和技术进行了比较全面的总结。王祯很快成为了一位精通农学知识与农业技术的科学家，他的农学思想以及对农业生产经验的总结，都被写入了他的著作《王祯农书》中。《王祯农书》是一部大型的农学巨著，其中的内容十分丰富，堪称我国农业的百科全书。

五

《农政全书》的作者徐光启，是明代著名的科学家。徐光启自小热爱农学，认为增加农业生产是让人民生活安定的关键，也是当时社会急需解决的问题。万历三十五年（1607），徐光启回家乡上海守丧，次年家乡便遭遇了严重的水灾，农民颗粒无收。徐光启眼见家乡

百姓困境，迫切希望找到一种高产的粮食作物，这样即便再遇到了灾害也不用担心了。一位福建客商告诉徐光启，福建有一种叫做甘薯的作物，耐旱抗风，产量远远高于水稻和小麦，闽广地区的农民以此为主要口粮，徐光启决定试一试。经过不懈努力，徐光启终于克服了气候与环境问题将甘薯在家乡种植成功。徐光启总结自己的播种经验，撰成《甘薯疏》，为甘薯种植推广至黄河流域起到了非常积极的作用。后来，徐光启又在上海成功种植芜菁、吉贝等北方作物，并撰成《芜菁疏》《吉贝疏》，有效地推动了这些农作物的广泛种植。徐光启还在天津屯置了万顷良田，用于种植水稻，进行了大型农事试验。在此期间，徐光启直接参与田间活动，不断听取农民生产种植的经验，撰成了《北耕录》《宜垦令》等农学著作。上海和天津有着不同的气候、土壤等地理环境，一南一北的农业生产实践，为日后徐光启编写《农政全书》奠定了基础。

崇祯元年（1625），凭借丰富的农业知识储备和农业科学研究的经验，徐光启撰成了《农政全书》，这是继《王祯农书》之后又一部中国古代农业的百科全书。《农政全书》分为农本、田制、农事、水利、农器、树艺、蚕桑、蚕桑广类、种植、牧养、制造、荒政十二门，详细介绍了农业生产的各个方面，包括水利农器、树艺蚕桑等诸多农业技术，是当时农业科学先进经验的总结，在后世有着十分重要的影响。

蔡伦改进造纸术

　　造纸术是闻名世界的中国四大发明之一，也被认
为是促进人类文化传播的最伟大发明之一。早先，我们
一直认为造纸术是由东汉的蔡伦所发明，但随着出土文
物的发掘与研究，我们认识到早在西汉初年，中国就已
经发明出了麻质的纤维纸。可是这种纸不仅质地十分粗
糙，且制造成本高、生产数量少，难以大量普及使用。
直到东汉，蔡伦对造纸技术进行了改造，制造出既轻薄
柔韧，又价格低廉的纸张，纸的使用才得以推广，因此
后人多把蔡伦看作是造纸术的发明者。

　　东汉明帝永平四年（61），蔡伦出生于湖南桂阳的
一个铁匠世家。蔡伦自小聪明伶俐，不但读书好，而且
对种植桑麻、养蚕缫丝、冶炼铸造等，都十分感兴趣。

　　永平末年，年仅十三四岁的蔡伦被选入宫中做了宦官。刚开始，他在皇宫旁舍的掖庭当差，由于学识渊博，表现出色，没过几年，就被提拔为黄门侍郎，负责掌管皇宫内外公事的传达等工作。汉和帝继位后，蔡伦又被提拔为可以随侍皇帝左右的中常侍，地位与当时的九卿不相上下。并且，由于蔡伦精通各种工艺技术，皇帝还让他兼任主管宫廷乃至国家手工制作的尚方令一职。

　　有一年，京城洛阳连续下了半个多月的大雨。等到雨过天晴，蔡伦去洛阳城外洛河附近的缑氏镇探访。在路过洛河边的时候，蔡伦发现岸边有几棵大树因为雨水的冲刷倾倒在地上，泡在水里的部分似乎都已经腐烂了，而且上面好像还缠绕着一层像是破渔网的东西。蔡伦对这些东西产生了兴趣，便走过去仔细观察，又觉得这些像是破渔网的东西似乎和过去西汉时期用丝绵做成的薄纸有些类似。于是他向当地的村民询问这究竟是什么。当地的村民看了之后告诉蔡伦，由于近几年雨水丰沛，洛河的水位不断上涨，河边有不少树都因为浸泡在

水里而腐烂了，待水位下降后，再晒几天太阳，树上就会长出这种东西，他们也不知道这到底是什么。

蔡伦拿着这层薄薄的东西思索，莫非这是树皮腐烂后形成的？灵光乍现，他突然想到，或许可以用树皮来制造新的纸张。于是，他即刻召集人手，开始了他的造纸实验。

蔡伦先用水浸泡树皮使其腐烂，接着将已经腐烂的树皮放在太阳下暴晒。经过这两道工序后，原本坚韧的树皮变成了薄薄的脆片。接着，蔡伦再令人将这些脆片捣碎、加水、搅拌成浆，之后再将这浆水均匀地铺在竹篾之上，待自然晾干后，便做成了纸。不过，这样造出来的纸夹杂较多的杂质，摸起来不太平整。要怎样才能去除纸浆中的杂质呢？于是，蔡伦又尝试将纸浆熬煮之后再搅拌，而这样再晾出来的纸，果然就变得光滑了。后来，蔡伦又找来破麻衣、破渔网作为原料进行试验，也获得了成功。就这样，蔡伦带着一批工匠们反复试验，最终制造出了既轻薄柔韧，又取材容易、价格低廉的纸，可以大量生产。

元兴元年（105），蔡伦将造纸的方法写成奏表，连同自己所制造的纸张呈献给了汉和帝，并请汉和帝试着在纸上书写。汉和帝得知自己眼前这柔韧光滑的纸张竟然是用树皮、破布、渔网这些易得、廉价的材料做成，十分赞赏，之后便诏令天下，在朝廷内外推广蔡伦所造出的新型纸张。当时的人们便把这种纸称作"蔡侯纸"。

后来，蔡伦改进造纸术而造出的纸张，沿着丝绸之路和海上丝绸之路传到了整个世界，为世界文明的传承与发展做出了不可磨灭的贡献。

先进的天文学与
天文仪器

　　中国古代天文学在观测记录、仪器制造、历法制定、理论发展和宇宙观念等方面都达到了很高水平，对世界天文学的发展产生了重要影响。而天文学的发展，离不开一代又一代天文学家的坚持与努力，东汉时期的张衡与唐代的僧人一行，都是我国天文学家中的佼佼者。

一

　　张衡（78—139），字平子，是东汉时期杰出的天文学家、数学家。同时，擅长机械的张衡还留下了许多发明。

　　当时人们对天地的认识有两种比较主流的观点：其一是"盖天说"，即认为天有如一口圆形的大锅，把地扣在里面，也被称为"天圆地方说"，是较早时期流传的一种天地观；另一种是由西汉天文学家落下闳所提出的"浑天说"，即认为天是包裹着地的，有一半天在地上，而有另一半天则在地下。因为盖天说更符合人们的直观感受，所以一直以来更容易被接受，抱持盖天说观点的人也更多一些。可是张衡并没有盲从任何一种观点，而是在对两种学说进行充分研究之后，结合自己的认识对浑天说进行了修订，使其成为当时最为圆满的天体结构理论。

元初二年（115），汉安帝任命张衡为太史令。在一次考察灵台的过程中，张衡发现灵台中观测天象的仪器都已经十分陈旧，有些坏了的也一直没有修缮，早已不能使用了。于是，他便决心按照自己新修订的浑天说来制造一台用以演示和测定天象运动的浑天仪。

元初四年（117），张衡的新型浑天仪终于制造完成。这座浑天仪的主体是由几层可以转动的圆圈组成，各层圆圈上分别刻着内规、外规，南极、北极，黄道、赤道，此外还有二十四节气、二十八星宿以及日、月等。最特别的是，这还是一座水动力浑天仪。仪器的两

侧各有一把铜壶，壶底开孔使水得以流出，再加上巧妙的齿轮联动，水流的动力便可以使仪器自行转动起来。

人们惊奇于这座新型浑天仪的同时，也对它是否能够正确演示天象产生了怀疑。于是张衡便说："各位大人不如和我一起等到天黑，咱们把这房间的门窗关紧使屋内的人无法看到外面的星空，然后你们分成两组，一组在屋内查看仪器，一组在屋外观测天象，之后再相互印证，就可以知晓仪器是否准确了。"于是，大家便按照张衡说的，入夜以后分成两组分别观察。两相印证，发现这座浑天仪确实可以准确地演示出天象的变化。大家不禁称赞这是巧夺天工的伟大发明。

除了精巧的浑天仪，据说张衡还发明过能够测报地震的地动仪。汉和帝永元四年（92）至汉安帝延光四年（125），国内频繁发生大地震，每次地震皆波及好几十个郡，致使百姓的房屋倒塌、江河湖泊的泛滥，真是让人苦不堪言。由于古代通信设备落后，当一个区域发生地震后，朝廷往往要过很久才能知道，再经过一番筹备部署，又会大大耽搁救灾的时机。于是，深谙机械原理的张衡就想着能不能发明一种仪器，能迅速探测出地震发生的大概区域，从而加快朝廷对救灾的部署。经过数年研究，阳嘉元年（132），张衡的地动仪终于成功地制造了出来。这是一座形如酒樽的巨大仪器，其上划分出八个方位，每个方位上都以一条口含铜珠的龙作为标记，同时，每条龙的下方则铸造着一只蟾蜍与其一一对应。如若某个方位发生了地震，其方位上龙嘴里的铜珠便会掉落至蟾蜍口中，以向人们报告地震发生的大概位置。

阳嘉三年（134），地动仪的一个龙嘴突然吐出了铜球，可是身在京城洛阳的人们并没有感觉到大地有丝毫的震动。于是人们便纷纷议论，觉得张衡的地动仪其实并不灵验。谁知没过几天，甘肃陇西派人报送消息，前几日此地发生了地震。而陇西的方位，正是当时吐落铜珠的龙嘴所标识的方位，人们这才信服。

二

一行俗名张遂，河北巨鹿人，是唐代著名的僧人，也是中国历史上著名的天文学家。一行从小聪慧过人，

青年时便成为远近闻名的学问家。女皇武则天的侄子武三思因为仰慕一行的学问，很想与之结交。可是一行性格耿直，不愿与权贵交往，于是索性逃至嵩山，削发为僧。

一行不但读了很多佛经，而且为了研习算法，四处云游，访问名士。一日，一行来到了天台山的国清寺，只见一所院子门前流水环绕，院内古松耸立。一行不自觉走近，至门口，只听见院内僧人推算之声，不绝于耳，突然有一个声音说道："今天会有人来向我请教算法，这会儿已经到了门口，怎么还没有进来呢？"接着在一阵推算声之后，那个声音继续说道："门前的水向西流的时候，他就进来了。"一行听完这句话立即推门而入，磕头请求僧人指点算法，也得到了僧人倾囊相授。而就在一行进门时，门外那原本向东流的泉水，忽然改向西流了。

一行博学强识，在天文研究方面有着颇高的造诣。他曾经拜访博学多识的道士尹崇，向他借阅汉代扬雄的《太玄经》，只过了几天，他便把书还了回去。尹崇十分惊讶地说："这本书晦涩难懂，旨意深远，我已经研读了好多年，依然不能通晓其意，你不过借去几天，怎么不好好研读，就还回来了呢？"一行说："我已经完全明白这部书的意义了。"于是，他拿出自己撰写的《大衍玄图》和《义诀》给尹崇看，尹崇看后连连称赞，每每与人谈及一行，总是赞不绝口，说："这是当代的颜回呀。"一时间，一行名声大噪。

一行最为后人称道的还是他在天文历法领域的成就。公元712年，唐玄宗即位，召一行返回京城长安，主持历法的修订工作。工欲善其事，必先利其器。为了能够在日月五星运行的基础上编制出准确的新历，一行与当时的机械制造师梁令瓒合作，制造出了用来测量太阳运行轨道的黄道游仪与用来表示日月星辰运行周期的浑天铜仪。一行还在全国设置了12个观测点，用来测量日影。最终，他测定出了150多颗星辰的位置，并证明恒星的位置也并非永恒不变。这个发现在世界范围内是最早的。

经过十年的努力，一行编订出了当时最为精确的历法——《大衍历》。著名的道士邢和璞曾经对尹愔

说：“汉代的落下闳在制定历法时曾说：'八百年后的日期将会相差一日，到了那个时候，会出现一位圣人修正历法。'如此算来，正好期限到了，一行禅师制定了《大衍历》，订正了差谬，他就是落下闳所预言的圣人吧。”这部《大衍历》在我国历法史上占有十分重要的地位。因其结构合理、逻辑严密，从诞生开始一直被沿用至明朝末年。

与此同时，一行还与当时的太史监南宫说一同测定了子午线的长度，这是世界上第一次用科学的方法对子午线进行测量。一行还发明了一种叫作"覆矩"的测量工具，用来测量北极仰角，并根据其测量的结果绘制了24幅《覆矩图》，在当时的世界上这也是最为先进的测量经纬度的方法。

一行开创了我国通过实际测量认识地球的先河，为之后的诸多测量工作都打下了坚实的基础。他在天文学方面创造了多个世界第一，展示出我国古代天文学发展的成就。

赋体文学与"洛阳纸贵"

汉赋，是在汉代出现并流行的一种散韵结合的文体。由于赋体文的创作要求辞采华丽且极力铺陈，可以很好地展现作者的学识与文学才华，所以当时很多文人都热衷于赋体文的创作。

西汉时期的司马相如，在汉景帝在位时乃是梁孝王的宾客，曾为梁孝王写下了一篇著名的《子虚赋》。但是因为汉景帝对辞赋文学并不十分感兴趣，善于创作辞赋的司马相如在景帝朝并不得志。而到了汉武帝时期，汉武帝刘彻对辞赋很是推崇，他读了《子虚赋》后颇为喜欢，以为是古人的作品，遗憾不能与作者畅谈古今。主管武帝猎犬的杨得意是司马相如的同乡，便对汉武帝说《子虚赋》是自己同乡司马相如的作品，汉武帝十分

欣喜，立马召见了司马相如。后来，司马相如为武帝创作了更为恢宏的《上林赋》，不仅内容与《子虚赋》相连贯，在辞采上又更胜一筹，汉武帝便更加赏识司马相如了。而司马相如也因为这两篇赋的缘故，被汉武帝封了官。赋体文学也在此期间得到了发展。

魏晋南北朝时，赋体文依然很受欢迎。西晋时有一位著名的文学家名叫左思，他不但出身寒门，而且长相丑陋，还有口吃的毛病，所以当时的文人学士都不怎么看得起左思。尤其是左思刚刚来到帝都洛阳的时候，许多人因为他的长相嘲笑他，这让左思心里很是不忿。他暗暗下定决心，有朝一日，一定要让人们对自己刮目相看。他潜心研读各种典籍文章，希望自己将来也能写出流传千古的作品。有一天，左思读到了班固的《两都赋》与张衡的《二京赋》，对其中宏大的气魄与华丽的辞藻十分佩服，不过，他对于汉赋大而无当的表达也不尽认同。于是，他便想要根据史实作一篇描写三国魏、蜀、吴都城的《三都赋》。当时已经颇有名气的陆机也打算创作《三都赋》，听闻有个叫左思的无名小辈要写

《三都赋》，便不以为意地写信给自己的弟弟陆云说：
"我听说有个粗鄙的寒门想要写作《三都赋》，等他写
出来，我就用那些抄着他的《三都赋》的纸来盖我的酒
坛子。"谁知等到左思的《三都赋》写成，洛阳城内的
文人学士都十分称赏，争相传抄，因为大家都纷纷去买
纸抄录左思的《三都赋》，以至于纸张供不应求，频频
涨价。后来有个成语叫"洛阳纸贵"，说的就是这件
事，成就了文学史上的一段佳话。

曹冲利用浮力称象

　　三国时期，吴国的孙权送给曹操一头大象。大象被运到了许昌，曹操便带领着文武百官以及小儿子曹冲，一同去看大象。

　　当时很多人都没有见过大象。当他们看到这头大象又高又大，光腿就有大殿柱子那么粗，而人走近和大象相比，还不如它的肚子高，又是惊异、又是好奇。这时，曹操突然对众人说：“这只大象真是大啊，可是它到底有多重呢？你们哪个能有办法把它称一称？”

　　平时生活中所用的秤显然没有能用来给大象称重的。于是大臣们议论纷纷。有人说除非造出一个极大极大的秤才能称；又有人说，哪里能造出那么大的秤呢，只能把大象宰了，一块块切开，才能称出它的重量！人们听说要把大象宰了，纷纷表示不可，为了称重量而把大象杀死，也太可惜了。大家想来想去，都想不到更好的办法来。

这时，曹操的小儿子曹冲从人群中走出来，对曹操说："父亲，儿子想出了一个可以给大象称重的方法。"曹操闻言，笑着说："众多大臣都想不出办法，你小小年纪倒说有办法，不如说来听听，我看有没有道理，能不能实行。"

于是曹冲便趴在曹操耳边，轻声说出了自己的办法。曹操听后连连叫好，立即吩咐左右准备。不一会儿，下人来禀说已准备妥当，曹操便对大臣们说："走！咱们到河边去，一起看称象！"

众大臣疑惑地跟着曹操来到了河边。只见河里停着一艘大船，曹冲叫人把大象牵到船上，等船身稳定后，便在船舷齐水面的地方，刻下了一条线。然后又叫人把象牵到岸上，再命人把大大小小的石头一块一块地装上船。刚浮起的船身又一点儿一点儿往下沉。等船身沉到刚才所刻的那条线和水面平齐的位置时，曹冲便命令停

止装石头。最后，曹冲命人将船上的石头一一放在秤上称重，加起来，便知道了大象的重量。大臣们恍然大悟，直夸曹冲聪颖非常，曹操也十分得意。

曹冲在这里用来称大象的方法，是一种科学思维方法——"等量替换法"，同时也运用了阿基米德所发现的浮力原理。尽管早在曹冲称象的400年前，古希腊的阿基米德就发现了浮力原理，但是当时的中国人却还没能总结出来。而在这次称象中，小小年纪的曹冲却成功地运用了这一原理，真是不得不让人佩服！

天下名巧马钧

　　三国时期的马钧，是位技艺高超的工匠，他在传动机械方面有很多精巧的发明，被誉为"天下之名巧"。

　　马钧生活在曹魏时期的扶风郡。扶风郡在当时是一个农业与手工业都十分发达的繁荣地区。少年马钧家境贫寒，虽然没接受过正规的教育，但是好学的他通过刻苦自学，读了很多书，掌握了丰富的知识。而且，马钧与终日在书斋中子曰诗云的读书人不同，除了读书，他还喜欢学习各种机械知识，通过仔细观察与孜孜不倦的研究，加之向各种能工巧匠不断地请教，马钧学会了大量的生产技术。因为有口吃的毛病，马钧不爱讲话，所以即使学到了什么知识、掌握了什么技能，也不会夸夸其谈、向人炫耀，而是努力地把学到的用于实践，这为

他日后成为著名的发明家打下了坚实的基础。

马钧后来在朝廷任职，因他不善言辞，在朝中并不得意，甚至有时连生活都到了窘迫的境地。为了摆脱这种困境，马钧将更多的精力投入到研究各种实用生产技术和工具上，希望能有所作为。

马钧的第一大贡献是对织绫机的改进。织绫机在我国古代是一种用来织提花的织丝机，相传是西汉时期陈宝光的妻子发明的。这种织绫机最早有120组经线和120个踏板，操作复杂，费时费力。尽管后来工艺改进，减少为60个踏板或者50个踏板，操作起来效率也还是很低。马钧对这种织绫机进一步做了改进。他将织绫机上经线合并为12组，最终只需要12个踏板就可以操作了。与此同时，还给织绫机上添加了别的装置，使操作更加灵活方便，减轻了人的体力负担。经马钧改进的织绫机，不仅工作效率大大提高了，而且织出的花样也较之前更为精美，推动了我国古代丝织技术的发展。

马钧的第二大贡献，是发明了"翻车"，这种工具极大地提升了农业生产水平。当时，地势比较高的土地因为灌溉困难，常常被闲置撂荒，无法种植农作物。
马钧觉得这样对于土地是极大的浪费，就想发明一种工
具，解决高地灌溉问题。经过一段时间的考察、思索与
精心设计，马钧发明出了一种新型提水工具，名叫"翻
车"。翻车可以将河水汲取到岸上，然后使其自动倾倒
而出，且操作机器只需双脚踩动踏板即可，有很高的提
水效率。这种翻车在当时的洛阳周边很快得到了推广，
大大提高了土地的利用率。

除此之外，马钧还制造出了能够辨别方向的指南
车、能够连续射出石头的"发石车"、能够表演各种动
作的活动木偶，等等。这些依靠机械传动作用为工作原
理的各种工具，为我们认识古代能工巧匠用勤劳和智慧
推动科学文明发展提供了依据。

书法大家王羲之

东晋时期的王羲之，是我国著名的书法大家。其书法博采众长，将书法艺术典雅流丽的审美趣味推上了新的高度，对后世影响很大，因而王羲之被尊为"书圣"。王羲之的书法以楷书与行书为胜，代表作《兰亭集序》被誉为"天下第一行书"。

任何一种技艺，想要达到手到擒来、庖丁解牛的境界，除了勤学苦练之外，似乎并没有什么捷径，书法也是如此。王羲之能够成为名垂千古的书法大家，与他对书法的热情、执着与坚持不懈的练习是分不开的。

王羲之自小酷爱书法。在他十岁时，父亲王旷为他请来了当时著名的女性书法家卫铄教导王羲之研习书法。这位卫夫人也是王羲之的表姨母，对书法的要求十分严格，她告诉王羲之，写字时姿态首先要端正，只有姿态端正了，写出来的字才能端正；写字要保持平静的心态，一笔一画都马虎不得。就这样，王羲之不断地写，每天要花费大半天的时间练习书法，即使是吃饭的时候、走路的时候，他也不停地用手比画着，琢磨着字形与结构。据说王羲之家里有一个水池，他经常在池边练习书法，用池水濯笔，久而久之，池水竟然被他染成了墨色。也正是这种勤奋而执着的学习精神，奠定了王羲之通向著名书法家之路，最终成为我国书法艺术史上最具代表性的人物之一。

书法是中华文化中独有的文字艺术，在我国历史上，书法流派百花齐放，名家辈出，如汉代的蔡邕，精工篆隶，且尤以隶书著称，并创造了特殊的书法技巧，称为"飞白书"，即在笔画中留下丝丝空白，颇为独特；三国时期的钟繇，其书法以隶书与楷书最为精妙，尤其是楷书，对后世影响很大，被誉为楷书之祖；唐代的颜真卿，是楷书书体的总结与创新者，他在研究和继承钟繇、王羲之等人楷书风格的基础上，遍阅各家书

法，在学习中创新，最终创造出独树一帜的"颜体"楷书。

中国的书法艺术发展了汉字之美，兼具实用性与审美性，被誉为无言的诗、无形的舞、无图的画、无声的乐，是中华文明史上最特别的一颗明星。直到今天，书法在文化教育中依旧很受重视，而且在世界范围内也具有普遍的审美影响，已经成为中华文明传播和交流的金色名片。

张僧繇画龙点睛

　　南朝萧梁时期的著名画家张僧繇，擅长人物故事画与宗教画，尤其善画龙。成语"画龙点睛"的故事主人公便是张僧繇。

　　传说张僧繇曾在金陵安乐寺的墙壁上绘制了四条巨龙，张牙舞爪，惟妙惟肖。可是人们仔细一看，这四条巨龙形态虽然十分逼真，却都没有描画眼珠，因此看起来总感觉少了那么一些神韵。于是，大家便纷纷要求画师张僧繇赶紧把巨龙的眼珠子点上。谁知张僧繇听了大家的要求，连连摇头说："这可使不得，如果我给这四条龙点上眼珠子，它们即刻就会飞走的！"人们听了不禁哑然失笑，觉得张僧繇在故弄玄虚，执意要求他把龙的眼珠子给补上。没有办法，张僧繇只好拿起画笔，给

龙点上眼珠。不料，第二条龙的眼珠刚刚点好，远处便传来轰隆隆的雷声，天色突然变得昏暗，一道闪电横空劈下，接着便是疾风四起，暴雨倾盆，这时，只见刚刚被点过眼珠的两条巨龙活了，抖动着身体撞毁了墙壁之后，腾空而起飞走了。还没有来得及被张僧繇点上眼珠的另外两条龙，却依旧好好地留在墙壁上。尽管这只是一个传说，但可见在当时人们心中张僧繇的画作是多么传神。

目前已知人类最早的绘画作品是岩画，即用坚硬的石器或金属工具和颜料，在岩石或岩壁的表面，用雕刻与涂绘的方式绘制出的图画。岩画往往具有较强的记事功能。我国是世界上出现岩画最早的国家之一。早在北魏郦道元的《水经注》中，就有了对岩画的记载。我国早期的陶器上也多有绘画或纹样，装饰功能突出。这些都是我国绘画艺术较早的表现形式。

夏商周时期，随着生产力水平的提高，人们已经可以建造大型建筑，也能铸造出精致的青铜器，制作华丽的漆器、玉器，同时，工匠们充分发挥了绘画艺术的装饰功能，在其上施以各种具象或抽象的图案纹样，提升了这些建筑和器物的艺术审美价值。直到战国晚期，传统中国绘画的早期形态产生了，即战国帛画。所谓帛画是绘制在丝织品上的绘画。从已经出土的帛画来看，这一时期的绘画，既有线条的勾勒，又有色彩的渲染，画面生动形象，为后世中国绘画的发展奠定了基础。

魏晋南北朝时期，真正意义上的画家出现了，这些画家不但有优秀的作品存世，更有人提出了自己对绘画的见解，建立并发展了绘画的理论。如东晋著名画家顾恺之，代表作品有《女史箴图》《洛神赋图》等，在创作上则提出了"迁想妙得"的理论。他的作品和理论在绘画史上均颇有影响。

隋唐至明清，中国绘画的发展越来越兴盛，渐次发展起了人物画、山水画、花鸟画等不同题材的作品。彼时名家辈出，技法和理论趋向完善，为中华艺术文明留下了宝贵的遗产。

郦道元注《水经》

　　郦道元是北魏时期著名的地理学家，出生于范阳涿州（今河北省涿州市）。父亲郦范曾在许多地方做过官，因此郦道元得以随父亲游历各地，增长见闻。郦道元从小对地理便有着浓厚的兴趣，他不爱读儒家经典，却对《山海经》《禹贡》《水经》等书爱不释手。而通过实地考察，郦道元发现当时许多地理书籍中的记载并不十分准确，于是他便决心编撰一本更全面也更精准的地理著作。

　　郦道元十几岁的时候，曾跟随父亲在青州生活，经常和朋友一起到有山有水的地方游玩。那时候的他虽然还是以游览山水为主，但是已经开始注意到了水流变化的情况。后来，郦道元继承了父亲的爵位，先后在今天山西、河南、河北、陕西以及安徽等地做官。而每到一处，郦道元在认真处理政务之余将大量时间用在了地理考察上，尤其认真勘察各地的河流走向和分布，了解沿岸地势、土壤、气候、地域变迁以及对当地人民的生产生活的影响。他在河南陕县游览黄河时，发现有一处的波浪高达几十丈，当地的官员告诉他是因为有一尊秦朝时铸造的铁人掉到了河里所致。郦道元不相信这种说法，于是带了几个人在黄河边上进行实地考察，发现这里的两岸都是陡峭的石壁，河水的中间是一个由两座巨石堆成的岛屿，于是河水被分成了三股。郦道元指着河中的岛屿对身边的人说："这里的巨浪并不是铁人造成的，而是山体崩落石块堵塞了河道所致。"郦道元还走访百姓，详细采集民间谚语、方言、歌谣和传说等，为《水经注》的撰写积累了丰富的原始资料。

郦道元不仅做学问一丝不苟，为官也十分耿直，在官场上因为得罪了权贵，在公元518年遭人陷害丢了官职。然而他一点儿也没有为此难过，反而觉得以后有更多的时间可以完成他撰写地理学著作的宏愿了。

之后，郦道元便开始着手撰写《水经注》一书。《水经》是早期的一部记录我国河流的著作，郦道元看后认为这本书尚不完备，于是就以为《水经》注解的方式撰著了《水经注》。尽管是为《水经》作注，但实际上，《水经注》一书的内容远远要比《水经》丰富，其文字乃是《水经》的二十多倍。为了撰写《水经注》，郦道元只要有机会就会外出考察祖国的山川，并随时将自己观察到的情况记录下来，回家之后，再结合有关地理学著作对自己的笔记进行整理。在交通不发达的古代，实地考察非常辛苦，山川河流多在荒郊野外，骑马常有无法行进的时候，所以郦道元几乎都是靠着两只脚前行。他不辞辛苦，跋山涉水，寒来暑往，游走于山河之间。苦心人，天不负，郦道元凭借着自己多年的实地考察经历，在《水经注》中又补充了将近一千条《水经》不曾记载的河流的详细情况。《水经注》一书不但知识准确丰富，文字也很优美，还记录了一些相关的风土人情，保留了许多重要的文献资料，可以说是兼具地理学与史学价值的一部著作。

祖冲之与圆周率

祖冲之是南北朝时期著名的科学家，他在数学、天文学与机械制造方面都取得了很大的成就。祖冲之的出生地在今天的江苏南京，因此，南京的紫金山天文台为了纪念这位伟大的科学家，把一颗小行星命名为"祖冲之"。

早在原始社会末期，随着私有制种植业和原始商业的出现，数学就在我国开始萌芽。春秋战国时期，人们已经能够使用十进制，并且能够熟练运用九九乘法表，进行整数的四则运算，懂得分数的应用。西汉时期，奠定我国古代数学体系的重要著作《九章算术》应运而生。《九章算术》是西汉的张苍与耿寿在收集整理秦朝残留资料的基础之上整理出的一部数学教科书，可谓先

秦至西汉数学知识的集大成之作，对我国后世数学的发展产生了很大的影响。此后的数学著述，要么就是为《九章算术》作注，要么就是以《九章算术》作为楷模而编纂的新的著作。魏晋南北朝时期，著名数学家刘徽即因作《九章算术注》而闻名。同时期的著名数学家还有张丘建，其著作称《张丘建算经》。刘徽与张丘建，都是中国古典数学理论的建构者。

相较于理论建构，祖冲之更重视数学思维与数学推理，为推动传统数学的进步做出了贡献。

祖冲之从小便聪明好学，尤其喜欢钻研数学。祖冲之最喜欢阅读的数学著作，便是《九章算术》。《九章算术》里认为，圆周率大约是"径一周三"，即圆的直径与周长的比率大约是一比三。可通过具体实践，祖冲之觉得这个结论太过笼统，一点儿都不精确，他希望能够用自己所学将圆周率计算到更精确的数值。刚开始，他在房子里画满了大大小小的圆，并且不断地去测量圆的直径和周长，但是如何精准测算这二者的比值呢？祖冲之一时也想不出什么好的办法。他日日思考，有一

祖冲之与圆周率

125

天，他突然想到了刘徽在《九章算术注》中曾提到一种方法叫作"割圆术"，就是在圆内做正多边形，随着圆内正多边形的边数不断增加，其周长与圆的周长会不断接近。通过测算近似于圆周长的正多边形周长与圆的直径的比率，来求得圆周率。并且，刘徽已经把圆内正多边形算到了正3072边形，由此求得了圆周率为3.1415与3.1416这两个近似数值。祖冲之运用刘徽的割圆术，把圆内接正多边形算到了正24576边形，从而求得圆周率在3.1415926至3.1415927之间。这个数值在当时的世界上可以说是遥遥领先，直到1600多年之后，阿拉伯数学家阿尔卡西的计算结果才超越了祖冲之。

建筑奇迹赵州桥

　　1883年，法国的亚哥河上，安顿尼特铁路石拱桥终于修成，人们不仅赞叹桥梁带来的便利，更惊叹于这座像彩虹一样的石拱桥设计精巧、造型美丽。但是，在早于法国安顿尼特铁路石拱桥近1300年的中国隋代，高超的工匠建造了一座形制相似，但更加美丽、精巧、坚固的石拱桥，横跨在洨河上。直到今天，我们还能看到这座桥的风姿，这就是河北赵县城南的赵州桥。

　　赵州桥又叫安济桥，当地人也直接称它为"大石桥"，修建于隋代开皇年间（605—618）。它不仅是我国现存最早的大型石拱桥，也是世界上现存最古老的、跨度最长的敞肩圆弧拱桥，可以说是我国乃至世界桥梁建筑史上的奇迹！

当时负责设计与主持建造赵州桥的工程师名叫李春，是一名普通的石匠，关于他的生平，史书中没有详细记载。

隋朝时期的河北赵县，可谓南北交通的枢纽，由赵县北上可以到达涿郡（今河北涿州），南下则可以直抵洛阳，地理位置十分重要。可是，这么一处重要的交通枢纽，却被一条东西走向的河流所阻断，每当发洪水，河道就无法通行，严重影响了南北交通。所以，在这河上建造一座桥梁沟通南北，成为当时上到国家下至百姓的一个迫切需求。于是，朝廷派李春前往赵县实地考察，并在河上修建一座大桥。

李春带领着一众工匠先是对这条河流及两岸的地质进行了十分细致的考察，确定具体的建桥位置，其后在前人桥梁建造经验的基础之上，大胆突破，巧用匠心，设计并建造出了这么一座历经千余年仍屹立不倒的桥梁。

赵州桥的设计包含着很多创新和巧思。首先，它的坦拱式架构满足了低桥面和大跨度的双重目的，使得桥

面不但平坦，方便车马通行，还充分节省建筑材料。其次，李春在设计时将传统桥梁建筑中常用的实肩拱改成敞肩拱，就是在大拱的两边再各自设置两个小拱，在节省建筑材料的同时，更减轻了桥梁自身的重量，还能借由这五个大小不一的拱来增加桥面下河水的泄流量。从力学的角度来看，这样的设计还提高了桥梁的承载力与稳定性。此外，这座桥梁相较于前代的创新之处还在于它并没有在河心设立桥墩，石拱的跨径长达37米，可谓是空前的创举。选址得当，设计精良，建造牢固，使得这座桥顶住了千年的风雨和水流冲击，一直保留至今。

赵州桥既沟通了桥两岸的物质与文化交流，对洪涝灾害亦起到了一定的防御作用。其建造上首创"敞肩拱"，显示了我国古代劳动人民高超的技术水平和审美水平，直到今天仍有借鉴意义，是我国古代建筑文明的典型代表，名扬古今，声播中外。

云想衣裳花想容
——令人神注的大唐盛世

　　唐天宝二载（743）春天，兴庆宫沉香亭畔的牡丹和芍药开得正盛，皇帝李隆基和贵妃杨玉环来到这里赏花，带着十几个梨园弟子，让李龟年作曲，唱歌助兴。李隆基不想听老歌词，就让翰林待诏李白创作新词。这时，李白宿醉未醒，趁着酒后余兴在金花笺上创作了《清平调》三首：

　　　　云想衣裳花想容，春风拂槛露华浓。
　　　　若非群玉山头见，会向瑶台月下逢。

　　　　一枝秾艳露凝香，云雨巫山枉断肠。
　　　　借问汉宫谁得似，可怜飞燕倚新妆。

名花倾国两相欢，长得君王带笑看。

解释春风无限恨，沉香亭北倚阑干。

在文学艺术领域，盛唐时代可谓群星璀璨，不仅有李隆基、杨玉环率领的梨园子弟，有李龟年这样的大音乐家，更有李白、杜甫、王维、高适、岑参、王之涣等一大批诗人，创造了一个不可取代的文化绚烂高峰。

盛唐的诗赋歌舞是有强大的国力做支撑的。杜甫这样回忆自己曾经历过的盛唐："忆昔开元全盛日，小邑犹藏万家室。稻米流脂粟米白，公私仓廪俱丰实。"开元年间国家最强盛的时候，一个小城邑也有万户之家的规模，稻米和小米流动着油脂一样的光芒，白花花的，无论是公家和私人的粮仓都堆得满满的。这样强盛的国力也吸引着万国来朝。唐高宗时，波斯国萨珊王朝被阿拉伯人覆灭，末代王子卑路斯想到的是向遥远的东方强国寻求帮助。当他几经辗转来到中国时，中国的统治者已经是武则天了。武则天并不想把国力浪费在过于遥远的地方，便安抚卑路斯，让他留在长安，还给他安排了个官职。另外，新罗、百济、日本，以及东南亚、南亚各国都纷纷派遣唐使来华学习大唐的典籍制度、文学艺术。

万国来朝，不仅是因为当时大唐的强大国力，更因为中华文化博大包容、热爱和平、追求公平正义的价值观念，周边各国带来他们的土产上贡，通常能得到超过他们贡品价值数倍的回礼。这些财货对于中原王朝来说并不算太大的损耗，但表明了传统文化中以礼待人、反对霸权的价值观导向。

可惜，无论多辉煌的大唐，终究不能摆脱封建王朝的局限。"渔阳鼙鼓动地来"，安史之乱终结了盛唐繁华。随着李隆基沉迷享乐、崇尚奢侈，唐朝的朝政迅速腐败，一场盛世不能"常得君王带笑看"，留给当时老百姓的是沉重的苦难，也留给后人无尽的惋惜。

中国人的诗意人生

　　唐代开元年间，尚未做官的王昌龄、高适与王之涣一同在东都洛阳游学。有一天，三人聚到一个酒楼喝酒。其间，几个歌姬来到酒楼弹曲唱歌。当时歌姬们演唱的歌曲歌词，往往都是在民间时兴的诗歌作品，谁的诗歌被传唱得更多，那就表明谁的作品更受人们欢迎。因此，三个自认为在诗坛上已经小有名气的小伙子便相互约定，要听听这些歌女会唱谁的诗作，借此一较高下。

　　第一个歌姬上场了，开口便唱："寒雨连江夜入吴，平明送客楚山孤。洛阳亲友如相问，一片冰心在玉壶。"王昌龄听了喜笑颜开，在墙壁上画了一道痕迹，说："这是我的一首绝句！"随后上场的歌女紧接着唱道："开箧泪沾臆，见君前日书。夜台今寂寞，犹是子云居。"高适大笑:"这是我的!"随即在墙上做了一个记号。接着又一位歌女出场,唱道:"奉帚平明金殿开,且将团扇共徘徊。玉颜不及寒鸦色,犹带昭阳日影来。"王昌龄再次得意地说:"你们瞧,这又是我的一首诗!"这时,还没有被歌女演唱诗作的王之涣觉得面子上很挂不住,赌气说道:"你们看看刚才那几位歌姬,虽然唱了你们的诗作,但我感觉她们的演唱技巧并不出彩,想必不是什么有名的歌姬,所以也就只能唱唱那些个'下里巴人'的俗曲。像我写的那些高雅的诗作,她们恐怕都欣赏不来,自然不会演唱了!"说着,他便指着一位打扮最为优雅、容貌也特别出众的歌姬说道:"我看这位歌姬可能是她们当中最优秀的,我敢打赌,等到她出来演唱,选的绝对是我的诗!如若不然,我就甘拜下风,这辈子也不和二位争高下了!"说着,王之涣所指的那位歌姬就上场了,她用宛转的音调唱道:"黄河远上白云间,一片孤城万仞山。羌笛何须怨杨柳,春风不度玉门关。"王之涣内心一阵狂喜,兴奋地对王昌龄和高适说:"怎么样,我说什么来着!"三

个人旋即哈哈大笑，举杯痛饮。

中国自古就是诗的国度。人们在生活中创造出了诗歌，诗歌又在漫长的岁月中丰富着人们的精神生活，表现着人们的审美与情感。唐代是诗歌发展历史上一座后世无法企及的高峰。当时的文人学子，甚至贩夫走卒、僧侣尼姑，可以说全民皆可为诗，对于他们而言，诗歌不再是一种高不可攀的贵族艺术，而是普通人日常生活、审美活动的一部分。

文人们更是将诗作为重要的自我表达和交际工具。他们在四处游历的时候会用诗歌记录游览的过程与感受，并常常以题诗来相互切磋，留下了不少千古佳作。

位于湖北省武汉市的黄鹤楼是江南的三大名楼之一，古往今来，文人墨客登临其上，都喜欢在此题诗留念。而唐代大诗人李白游过黄鹤楼后，却没能留下一首满意的诗作。这是为什么呢？原来，李白游览黄鹤楼的时候，看到了崔颢在楼上留下的题诗，就是那首著名的《黄鹤楼》："昔人已乘黄鹤去，此地空余黄鹤楼。黄鹤一去不复返，白云千载空悠悠。晴川历历汉阳树，芳草萋萋鹦鹉洲。日暮乡关何处是？烟波江上使人愁。"
李白一辈子狂放自傲，可是读了崔颢的这首诗却是佩服
得不行，原本还想要为黄鹤楼题诗，但他想来想去，好
像都作不出能够超越崔颢此诗的作品，于是便干脆作
罢。后来，崔颢的这首《黄鹤楼》一直萦绕在李白的心
中，他还模仿着作了《鹦鹉洲》："鹦鹉来过吴江水，
江上洲传鹦鹉名。鹦鹉西飞陇山去，芳洲之树何青青。
烟开兰叶香风暖，岸夹桃花锦浪生。迁客此时徒极目，
长洲孤月向谁明。"又作了《登金陵凤凰台》："凤凰
台上凤凰游，凤去台空江自流。吴宫花草埋幽径，晋代
衣冠成古丘。三山半落青天外，二水中分白鹭洲。总为
浮云能蔽日，长安不见使人愁。"可这两首诗似乎始终
难以超越崔颢《黄鹤楼》的神韵。

　　尽管在古人的心目中，诗歌创作对于大多数人来
说也不过就是生活中的一种消遣，而不是生命的全部追
求。可是，在日常生活中，他们又着实醉心于诗歌，爱
创作，爱欣赏，爱吟咏。这种浪漫的情怀，就是独属于
中国人的诗意人生吧！

"诗史" 中的民生与民情

　　唐代大诗人杜甫被誉为"诗圣"，其诗则被称作"诗史"，因为在他的诗歌之中，饱含着对现实问题的关注，字里行间流露出的尽是对人民苦难生活的哀悯。

　　杜甫出生在一个奉儒守官的家庭，他有位远祖叫作杜预，是西晋的开国元勋，还曾为《春秋左传》作过注，可谓文武双全。杜甫的爷爷，是武周时期的修文馆直学士，同时也是一位十分有名的诗人。有着这样的家学渊源，杜甫几乎与生俱来地拥有强烈的社会责任感和在诗文创作上的极大自信。也正是这两个方面的相互结合，造就了诗圣杜甫。

　　唐代是一个思想开放而自由的时代，李白崇尚道教，王维笃信佛教，再加上民族融合与对外交流，大家所接受的思想和文化都是十分丰富的。而杜甫依旧自由选择了他最为信奉的理念，即儒家思想。而这种选择的实践就是，把自己的全部生命与国家、社会的命运统一起来。所以，杜甫努力求官，希望能够入仕为国家和人民做出实实在在的贡献。可是，杜甫生活的时代，早已不像昔日的大唐盛世，只要有真才实学就可以通过干谒或科举走上仕途。"野无遗贤"的科举骗局让杜甫只能做个失意的普通人。安史之乱后，尽管杜甫终于得以进入朝廷，也不过是当了一个可有可无、微不足道的小官。不过，杜甫他还可以写诗，如果无法为国家和人民做出想象中那些具体的贡献，那就用笔去记录历史，记录百姓的生活，用文字去上达天听，令皇帝知晓百姓们都在经历着什么样的苦痛！

这种强烈的社会关怀贯穿在杜甫的诗歌创作当中。他热烈的目光始终在观察最底层的百姓，关注着他们的生活，"穷年忧黎元，叹息肠内热"，尽管他自己一家也在为吃不上饭而苦恼。当杜甫看到"朱门酒肉臭，路有冻死骨"的时候，他愤慨，他难过；国家的动荡会让

杜甫痛哭流涕："国破山河在，城春草木深。感时花溅泪，恨别鸟惊心。烽火连三月，家书抵万金。白头搔更短，浑欲不胜簪。"而当国家统一的消息传来，杜甫则又会一改平日里沉郁的状态，为此激动万分："剑外忽传收蓟北，初闻涕泪满衣裳。却看妻子愁何在，漫卷诗书喜欲狂。白日放歌须纵酒，青春作伴好还乡。即从巴峡穿巫峡，便下襄阳向洛阳。"

　　这就是我们中华文明中的"诗圣"杜甫，把自己完全献给国家与人民，以诗记录社会苦难的"诗圣"杜甫！

　　杜甫用诗歌反映现实的创作实践对后来诗人的诗歌创作产生了很大的影响。白居易所倡导的"新乐府运动"，力求以诗歌反映民生疾苦，以期对统治者治理国家有所助益，便是对杜甫诗歌创作理念的进一步实践。于是，在诗意人生之外，我国古代始终心怀民生的知识分子们，还用诗歌记录着百姓最真实的生活，还原着一段又一段最真实的历史，也传承着他们最质朴却也最伟大的家国情怀！

从水井勾栏到明月大江
——宋词中的世情百态

南宋有位文人叫叶梦得，他在丹徒（今江苏省镇江市）做官时，见到一位从西夏返回朝廷的官员，据那位官员说："凡有井水处，皆能歌柳词。"这里的"柳词"就是北宋著名词人柳永的作品。

柳永是典型的富贵人家出身，祖父做过宰相，父亲也做官，兄长是当时的大书法家。柳永家族的社会地位、经济水平、文化底蕴，在当时都是一流的。这样的出身塑造了柳永风流倜傥、不拘小节的性格和轻浮旖旎的文风，也正是这样的性格和文风，导致柳永科举不顺，四次落第，更因为一句"忍把浮名，换了浅斟低唱"，被皇帝赵祯直接黜落。

仕途不顺的柳永将大量的时间和精力放在市井勾

栏间，为教坊中的歌女填词，替市井人家叙说汴京的繁华。由于柳永文风华美，又平实易懂，符合市井人家的审美情趣，故而被传唱一时。

在柳永生活的宋代，城市文明在唐代的基础上进一步繁荣，形成了市民阶层。市民阶层的兴起，使得文学、艺术、音乐、戏曲等诸多领域产生了诸多变革，词就是兴起于唐五代而盛行于宋代的文学形式。

词本是用以配乐演唱的歌词，词牌其实就是这首词用以演唱的配乐的名称。因此，词的内容与情调，在一开始往往与其配乐的风格是相一致的。又由于词的配乐多是宴会上用以娱乐的曲子，故而词在兴起之初，多为婉约之作，言辞优美，情感细腻。不过，随着时代的发展，词原本的音乐性渐渐减弱，它也和诗歌一样，成了讲究字数、句数与韵律的案头文学，因此词的内容与情调便也不再完全受制于音乐，可以表达作词人更丰富的思想与情感。尤其是在柳永之后，以苏轼、辛弃疾为代表的豪放派词人，将词的创作从对市井民间婉约绮丽情感的描绘，拓展到对历史兴衰的深切思考，对庙堂沉浮的无限感怀，使得词这种文体和格律诗一样，成为古代文人生活中不可或缺的文学样式。

北宋元丰五年（1082），苏轼因为党争被贬到黄州已经两年了。他来到黄州城外的赤壁之下，望着滔滔不绝的长江水，遥想当年赤壁之战中的英雄何等豪迈，都随着大江东去归入历史，相比之下，自己所经历的这点委屈又算什么呢？与天地之辽阔和历史之深邃相比，苏轼觉得个人的得失成败实在是渺小，还不如敬明月一杯酒，所有的恩怨情仇都让长江带走吧！苏轼将一腔感触化成《念奴娇·赤壁怀古》，成就了这一千古绝唱。后来有人对苏轼说："唱您的词，必须请关西大汉弹着铜琵琶才行啊！"

从市井勾栏到大江东去，词作为两宋标志性的文学体裁，更影响了后世的文学表达。

唐宋散文八大家

据说，北宋时期，欧阳修在翰林院供职时，经常和同僚们外出游玩。有一天，他们在汴京城的街道上走着，突然一匹马受惊狂奔，撞死了一只狗。欧阳修让同行的人用最简明的话来描述这个场景。有人说："有犬卧于通衢，逸马蹄而杀之。"有人说："有马逸于街衢，卧犬遭之而毙。"诸如此类。最后，欧阳修仅用了六个字来总结："逸马杀犬于道。"大家都很佩服。

欧阳修对于简明平实的语言风格的追求，向上溯源，便是受到了中唐时期"古文运动"的影响。唐初文学因袭魏晋南北朝辞藻华丽的文风，语言堆砌，所表达的信息却相对有限。中唐时的文学家韩愈、柳宗元等人决定改变这种状况，提倡向先秦文学学习，用尽可能简单平实的话语表述最准确的信息。这场改变语言风格的文学运动史称"古文运动"。

韩愈、柳宗元等人在提倡恢复先秦散文传统的同时，还提出了一套完整的古文理论，并用创作去践行自己的理论，因而得到了当时很多文人的推崇与回应。韩愈以写作论说文见长，如在其《讳辩》一文中，对李贺因父亲名讳为"晋肃"二字而不能考进士发表意见，他指出，倘若对于父母的名讳要这般避忌，那如果父母名讳里有一"范"字，我们是不是就不能吃饭了？父母名讳里有一"仁"字，难道我们就不能为人了吗？既生动有趣，又很能说服人。而柳宗元，其寓言幽默风趣而却讽刺辛辣，深刻揭露了当时的社会现实；传记则在充分继承了《史记》《汉书》传统之下又有所创新，即在真实记载的同时多用夸张的手法突显传主特色，读来颇似小说；其游览散文常以精巧的语言将自然的美景描绘得形神兼具，让人很有身临其境之感。

北宋时期，欧阳修等人在韩、柳古文理论的基础之上，进一步推进了"古文运动"的发展。在文坛领袖

欧阳修的带领下，北宋的文风逐渐向着文道并重的方向发展，并最终使其成为中国文坛的主流。文章要写得动人，就一定得表达自己最真实的感受，而最真实的感受，往往就在生活的点点滴滴之中。因此欧阳修十分重视在生活中体悟、发现灵感。他曾对谢绛说："我平生所作的文章，多半是在'三上'，就是马上、枕上与厕上。因为只有这样才能够更好地构思！"

针对这场从唐代延续至宋代的"古文运动"，后人选取其中最具代表性的理论家兼创作者共计八人，包括唐代的韩愈、柳宗元，宋代的欧阳修、苏洵、苏轼、苏辙、曾巩、王安石，合称为"唐宋八大家"。而在之后的中国文学发展史中，散文的创作始终是沿着"唐宋八大家"所开辟的这一条复古的道路前进的，并且取得了辉煌的成就。

火药——求仙路上的
"意外火花"

公元995年，王小波、李顺率领的农民起义军在成都建立了农民政权。北宋朝廷连忙派兵围剿。就在梓潼县城之下，起义军遭到了宋军的"火箭"打击。当时的"火箭"就是绑着火药的弓箭，火药的助推可以增加弓箭的射程和杀伤力。这是火药在战场上使用的较早记录。

其实，火药一开始并不是为了军事而发明的，是古人求仙路上的"意外火花"。最早记录火药配方的人是唐代的医药学家孙思邈，而火药之所以称为"药"，原本和道教炼丹术密不可分。

在很长一段时间内，缺乏科学知识的古人利用各种矿物质来炼取令人"长生不老"的丹药。在长期实践过

程中，炼丹术士们逐步发现，硝石、硫磺、木炭之类的材料放在一起加热，会引起爆炸。唐宋时，有人专门研究了火药的配方，专门用于战争的火药被研制出来，并在实践中不断改进，配比越来越科学。发展到明代，所制作的火药，其成分已经和现代黑火药差别不大了。

"火药"这一名称及其具体配方的记载，最早出现在北宋曾公亮所撰著的《武经总要》一书，书中记载了用火药制造多种武器的方法。如毒药烟球，是把火药和各种毒药制成球状物，发射出去后，随着爆炸与燃烧，毒气也一并散出，从而使敌人中毒倒地；又如蒺藜火球，是将火药与铁蒺藜结合在一起的一种武器，在敌人骑兵奔来的时候将蒺藜火球撒在地上，令敌人的马蹄被刺伤烧痛而导致人仰马翻；还如铁火炮，是把有棱角的细碎铁片掺进火药中，当火药爆炸时，那些细碎的铁片便会借着爆炸的力量四处迸射，颇有杀伤力。

元明时期，火药因为新式兵器火铳的出现而在军事上有了更为广泛的运用。元代时人们将火药与弹丸一起装入金属做的管筒之内，使得弹丸可以在火药的动力下射出很远的距离，于是现代枪械的雏形——火铳便应运而生。在明代的各种军事斗争中，火铳已经成为较为常见的武器之一。尤其是明成祖时期，还组建了全部用火器武装的部队，名为"神机营"。明代中期，随着欧洲枪炮制造技术的传入，明代的远程兵器又进一步发展，军事装备也取得了更大的进步。明末在与后金的斗争中，明朝的军队也多因使用枪炮而得以取胜。

不过，因为明朝火器而吃尽苦头的后金，也随即认识到先进火器的重要性，并最终因为掌握着弹药制造技术、拥有西洋精良火器的明朝军队的归降，从而建立起在当时坚不可摧的部队，最终建立了新的统一王朝。清朝伊始，依旧十分重视火器的生产与发展。但是到清朝中后期，由于故步自封的思想以及对外来技术的排斥，火器的发展基本处于停滞状态。即便拥有最先进的武器，清政府宁可将火器锁在库房，也不装备军队，这使得我国在近代遭遇了来自西方的极大打击。

活字印刷与雕版印刷

　　北宋时，有一个叫毕昇的人发明了活字印刷术。毕昇用胶泥刻字，之后用火烧使胶泥变得坚硬，做成带有单个字的字模。到了需要印书的时候，工人们就在这些字模中寻找需要使用的单字，然后按照书籍的内容将这些单字字模排列到一个长方形铁模具中，用蜡固定好，这样便做成了一块书版。而当书页的一面全部印好之后，用火烤使蜡烛熔化，便可以很快将字模拆下，重新拣字排出一个新的页面。

　　据说，有人曾问过毕昇，是怎么想出这方便快捷的活字印刷法的。毕昇便跟对方说："这是我两个儿子教我的！"那人不信："怎么可能呢？那么小的孩子懂什么，我看他们不过就会玩一玩过家家罢了！"谁知毕昇却笑着说："没错，正是你说的过家家！去年我带着妻儿回乡，有一天，突然看到两个儿子用泥巴捏了做饭用的小锅、吃饭用的小碗，还有桌子、椅子，甚至还有小人和小猪呢！他们俩就拿着这些泥做的小玩意在地上摆来摆去。我看到后就不禁想，如果用泥做成一个个的单字印章，然后按照需要排列，一篇文章不是很快就可以被排列出来印刷了嘛！你说，这是不是两个儿子教给我的呢？"大家听后哈哈大笑。毕昇所发明的活字，要比德国古登堡发明铅合金活字早了四百多年。

后来，元代人王祯又发明了木活字，并在一个月内印刷了六百余部自己纂修的《大德旌德县志》。王祯为什么能够如此迅速地刷印出全书共计六万字左右的《大德旌德县志》呢？那是因为王祯发明了"轮盘拣字盘"，从而提高了拣字排字的效率。首先，用轻型的木材做两个大轮盘，直径大约7尺，轮轴高度为3尺，这个轮盘可以自由转动。然后将木活字按照音韵分类，分别放入盘内的格子里。最后，工人坐在两个轮盘之间，转动轮盘来找需要用的字，这样大大提高了排字效率，是

活字印刷事业的一项创举。王祯将他的这一套制造木活字以及拣字、排版、印刷的方法全部记录在了《造活字印书法》一文中，并附于其写作的《农书》之后。这篇文章，是世界上最早关于木活字印刷的文献。

明代又铸造出了铜活字。尽管活字印刷的使用没有雕版印刷广泛，但也印制了不少经典名作。其中影响最大的就是清代康雍年间以铜活字印刷的《古今图书集成》、乾隆年间以木活字印刷的《武英殿聚珍版丛书》等。

较之活字印刷术，更早发明的雕版印刷术其实在我国历史上更为盛行。所谓雕版印刷术，就是将所要印制的文字或图案反刻于木板之上，然后涂墨刷印。现存最早有明确纪年的雕版印刷品实物，乃是在敦煌出土的印制于唐懿宗咸通九年（868）的一部《金刚经》。因此，一般认为雕版印刷术的发明不会晚于这个时间。而在唐代，售卖印刷品已经成为一种常见的商业行为，比如用雕版印刷的日历在市场上便可买到。据说，有一次，两个人印的日历，在日子上差了一天，老百姓发现后找到这两个印日历的人，要他们说说到底谁印的日子才是正确的。两个人各执一词，争执不休，于是就闹到了官府。可是当地的地方官却说，大家都是做生意罢了，这日历差个一天半天的有什么关系呢？着实让人笑掉大牙。不过，这个故事则告诉我们，至少在唐代，印刷品就已经有了市场竞争。

五代时，雕版印刷术的使用规模逐渐扩大。尤其是后唐明宗长兴三年（932），由宰相冯道奏请，依据唐代的开成石经将儒家九经雕版刻印，逐渐开启了图书的大规模刻印。而进入宋代之后，随着雕版印刷术的成熟，加之朝廷重文轻武的政策，使得图书的刊刻出版在两宋迎来了第一个高峰。明人方以智就曾总结说："雕版印书，隋唐有其法，至五代而行，至宋而盛。"苏轼也曾在文章中感慨，过去的读书人想要得到一部《史记》或者《汉书》，十分困难，因此一旦得以观览，便会"日夜诵读，唯恐不及"，而雕版印刷术的盛行，使得各类图书都能够"转相摹刻""日传万纸"，可是当人们容易得到书籍后，反而将其束之高阁，懒得阅读了。

涉猎广泛的北宋科学家
沈括

　　北宋时，中国的出版业已经非常发达。只要是在汴
梁、杭州、扬州这样的大城市，不管是启蒙读物、科举
用书，还是丰富多彩的话本小说、笔记杂谈，都能在书
肆购买到。这与印刷术的发明和广泛使用密不可分。但
是，许多在实用技术方面做出重要贡献的人，正史中却
没有记载，就连活字印刷这样伟大的发明，也是靠知识
分子的笔记才让后人得以知晓。记录毕昇活字印刷术的
著作，就是沈括的《梦溪笔谈》。

　　沈括出生于浙江钱塘，祖辈世代为官，父亲沈周
先后在泉州、开封与江宁等地为官。尽管辗转各地，但
父亲对沈括的教育十分严格，敦促沈括从小认真读书学
习。十四岁的时候，沈括就已经遍读家中藏书，并在许

多方面显示出了特殊的才华。沈括天资聪颖，勤奋好
学，特别善于提出问题，对各种新奇事物有着浓厚的兴
趣。有一次，他在读到唐代诗人白居易的《大林寺桃
花》中"人间四月芳菲尽，山寺桃花始盛开"一句时，
百思不得其解，说："既然四月份已经'芳菲尽'了，
桃花又怎么会'始盛开'呢？大诗人也会出现这样的常
识错误呀。"这件事一直萦绕在他的心头，直到有一年
的孟夏四月，沈括与伙伴一起到山上游玩，见到了白居
易诗中的景象：山下的各种花已经凋零，山上的桃花却
是繁盛灿烂。沈括这才明白原来自己错怪了白居易，并
且通过亲身体验，发现之所以会出现这种景象，是受到
了高度的影响，山上的温度比较低，春季升温较慢，桃
花盛开自然晚于山下。回到家后，他又找出白居易的这
首诗，发现前面有一篇序文是以前没有注意到的，写
着："大林寺的山比较高，时节要晚于山下，在农历四
月就像平常的二月，梨花、桃花刚刚开始开放，山涧里
的小草才发芽。山上的人文地理风貌与平地里的是不同
的。"沈括读完后，感慨道："都怪我读书时不细致，

经验太少，竟然错怪了大诗人。"之后，沈括更加注意观察与思考，深入钻研，最终成为一名伟大的科学家。

在沈括二十三岁的时候，他的父亲不幸去世，沈括只好在江苏沭阳县谋了份差事，艰难度日。嘉祐八年（1063），沈括以优异的成绩考中进士，正式步入仕途。九年后，沈括被朝廷任命为太史令，并监管司天监。北宋的司天监，是专门负责观察天象管理历法的机构。沈括担任司天监一职后，每天都要亲自观察天象，并对观察到的内容进行详细系统的记录。为了保证天文观测的准确性，他改进了当时用于观测天象的浑仪、浮漏和影表等旧式天文观测仪，减少了仪器使用中的误差；还制造了用于测日影的圭表，改进了测影方法。沈括在《浑仪议》《景表议》《浮漏议》文章中介绍了他的研究成果，仔细阐述了自己对天文学的见解。后来王安石变法，沈括便主张修订历法。他还破格录用平民出身且双目失明的卫朴主持历法的修订工作。这种不拘一格的用人方式在当时也传为美谈。

后来因为王安石变法失败，受到牵连，五十八岁的沈括带着家人远离朝廷，在润州度过了他的晚年生活。在此期间，沈括花费了五年的时间，将自己一生所学著为《梦溪笔谈》一书。

《梦溪笔谈》中所涉及的内容非常丰富，记录了北宋时期的天文、历法、气象、数学、物理、化学、地质、工程、生物、语言、卜筮、文学、医学、考古、音乐、舞蹈、艺术等诸多方面的内容，其中记载的许多科学成就如指南针、活字印刷术、石油的命名与开采等，都是当时世界最高水平的代表。此外，《梦溪笔谈》还记载了沈括自己的多项科学成就。如数学上，他创立了"隙积术"和"会圆术"；物理上，对小孔成像、透镜成像、声音共振等实验进行了比较通俗易懂的论述，还记有对地磁偏角的发现；化学上，有灌钢、冶铜等相关技艺的记录；地理上，对浙江雁荡山的地貌特征有详细地记录，并指出造成其地貌特征的原因是流水侵蚀，等等。《梦溪笔谈》的成书显示出沈括全方位的智慧与才干。后来英国的李约瑟称《梦溪笔谈》为"中国科学史上的坐标"，而沈括是"中国科学史上最奇特的人物"，着实不无道理。

黄道婆革新棉纺织技术

　　黄道婆大约生活在南宋末年至元朝初年，这正是我国棉纺织业逐步发展的时代。麻与丝是我国古代人民较早使用的布匹原料，棉花的运用与棉纺织业的发展则较晚。棉花直到两宋时期才大规模推广种植，因此相较于麻织与丝织，宋代时棉花的加工技术比较落后，无论是去籽、弹松，还是并条、纺纱，处理起来都很麻烦，这在很长一段时间内极大制约了棉纺织业的发展。而黄道婆，就是历史上著名的棉纺织技术的革新家。

　　黄道婆原是上海松江乌泥泾人，由于出身贫苦，十二三岁的黄道婆就给人家当了童养媳，开始了暗无天日的辛苦生活。她一方面要面对每天繁重的劳作，另一方面还要忍受公婆对她的虐待打骂。后来，黄道婆实在不想继续忍受这样的生活，便趁夜逃出了家门，直奔黄浦江边，并在一位船主的帮助下乘船来到了海南岛的崖州（今三亚）。

崖州在当时是黎族的聚居地。当地的黎族同胞非常热情，尽管黄道婆来自异乡，他们仍给予黄道婆很多照顾，黄道婆很快便在当地安顿了下来。

当时海南岛乃是两广地区棉纺织业的中心，相较于其他地区，崖州的棉纺织业十分发达。当地的黎族妇女都以棉纺织为业，并且掌握着当时较为先进的纺织技术。黄道婆在崖州安顿下来之后，便开始向当地的妇女细心学习棉纺织的技术。很快，黄道婆就成为当地小有名气的纺织高手。

在崖州生活二三十年后，黄道婆因为太思念自己的家乡，于是便踏上了归乡之路。回到乌泥泾后，黄道婆决心用自己在崖州学习到的纺织技术改善家乡的棉纺织业发展状况。为此，黄道婆创制了棉纺织技术的完整新工艺，并对擀、弹、纺、织等工艺进行了有效的革新。

首先，黄道婆以黎族的踏车为基础，创造出了一种

用于剔除绵籽的轧车。这种轧车由两根直径不同的碾轴组成，操作时两个人同时转动碾轴碾压棉花，便可以使棉花中的绵籽被轻松挤出。

其次是弹。传统的方法是用一个一尺多长的小竹弓来弹棉花使其松软，但是这种小竹弓由于弹力小，工作效率十分低下。而黄道婆则改用四尺长的大弓，并将弓弦改线为绳，并用檀木制成的槌子击打弓弦，极大提高了弹棉花的效率。

再次是纺。当时松江人所用的棉纺车大都是单锭手摇纺车，效率低不说，还同时需要三四个人运作一台机器。黄道婆对这种传统的纺车进行了大胆的改造：一是增加纱锭到三枚，并改手摇动力为脚踏，大大降低了劳动强度；二是缩小了动轮的轮径，从而降低了纺锭的速度，解决了之前纺锭转速过快而导致棉纱断裂的情况。

最后是织，就是织布。黄道婆把当时江南先进的丝麻织造技术与从黎族同胞那里学到的有关技术相结合，并运用到棉纺织业中，创造出了"错纱配色，综线挈花"的工艺技术。由此，仅用织机就能织出带有简单图案的布匹，风行一时。

　　正是因为黄道婆对棉纺织技术的改进，使得松江一带在当时逐渐成为全国的棉纺织业中心，赢得了"松郡棉布，衣被天下"的声誉。

西方科学的介绍者
徐光启

徐光启是明代著名的科学家，也是第一个将西方科学知识介绍到中国的科学家。徐光启出生在上海的一个商人家庭，自小他就不爱读四书五经，反而对诸子百家更感兴趣。徐光启在考中秀才后，便久久未能中第，只能在家乡靠教书糊口。直到徐光启四十三岁的时候，他才考中进士而走上仕途。

徐光启进入翰林院供职之时，正是意大利传教士利玛窦在中国传教的时候，因此徐光启得以认识利玛窦并与他成了好友。在利玛窦的介绍下，徐光启了解到了西方的科学知识，并跟随利玛窦学习了西方的天文、数学、历法、水利等不同学科。由此，徐光启成为当时掌握西方知识的先驱。与此同时，徐光启也认识到西方的

知识对我国发展的重要作用，于是便决心译介西方的有
关著作。徐光启与利玛窦一起，合作翻译了古希腊数学
家欧几里得的《几何原本》前六卷，使得西方数学原理
第一次在我国得到了传播。起初，徐光启因为认识到数
学是一切科学技术的基础，就与利玛窦商讨要一起合作
翻译欧几里得的《几何原本》。利玛窦对此却并不看
好，他认为西方文字与中文在语法和词汇上有很大的差
异，数学中的许多专有名词，在汉语中完全没有相应的
词汇，会使得翻译工作很困难，并向徐光启讲述了自己
几次失败的尝试。尽管如此，徐光启并未打消翻译的念
头，他对利玛窦说："我们有句古话'一件事情，如果
搞不清它的来龙去脉，便是儒者的耻辱'，做任何事情
都不能知难而退。"经过几番探讨，利玛窦最终答应了
他二人合作翻译《几何原本》。有志者事竟成，在一年
多之后，二人终于完成了《几何原本》前六卷的翻译，
经过徐光启的多次修改，最终定稿。虽然剩下的内容因
为种种原因没有继续翻译，但是《几何原本》前六卷很
快得以刊刻发行，并得到了广泛流传。这部书的原名叫

《欧几里得原本》，徐光启使用了虚词"几何"，以代指一切度数之学，改名为《几何原本》。现如今我们数学领域里的"几何""点""线""面""直角""钝角"等许多专用名词，都是徐光启首先使用并确定下来的。梁启超称赞这部书："字字精金美玉，是千古不朽之作。"

徐光启在天文学方面也有不俗的成就，他不仅认真学习西方天文仪器的构造原理以及测天方法，还亲手改进了天文观测的仪器。他主张通过翻译西方天文学著作来学习西方历法，他参与编译了《测天约说》《测量全义》等天文著作，并著有《平浑图说》《简平仪说》《日晷图说》等。此外，徐光启还提出建议制作天球仪、地球仪、望远镜、日晷、自鸣钟等仪器，为清代天文仪器的制作奠定了良好的基础。明万历四十六年（1618），后金军队进犯，徐光启负责督练新军，主张运用西方制造的大炮帮助明朝抵御大金的侵袭，遗憾的是这个建议并未得到朝廷的采纳。

古代工艺的百科全书
《天工开物》

　　明代的科学家宋应星所著的《天工开物》是世界上第一部记录农业和手工业生产的综合性科技著作，被欧洲学者誉为"中国17世纪工艺百科全书"。这本书的作者宋应星出身书香门第，自幼便接受了良好的教育，他天资聪颖、反应敏捷，有过目不忘之功。他不仅熟读经史及诸子百家，还对天文、农学、医学、工艺制造等有浓厚的兴趣。

　　幼年时的宋应星有一次看到农民用筒车汲水浇地，便在旁边仔细观察它是如何运转的。每当筒车旋转一圈，他就在旁边放置一颗石子，以记录筒车旋转的圈数。等到一天过去，已经积累了1500多枚石子，说明筒车已经运转了1500多圈，宋应星心里想："这个筒车转

了这么多圈，不知道汲取了多少水，而这些水依靠人力来提的话，恐怕要累坏了。"想至此，他便开始绘画出筒车的简单结构图，并且根据图纸和记忆，找到木料，开始制作筒车的模型。初次完工之后，宋应星并不满意，于是不停拆了做，做了拆，拆了又做，如此数次之后，才做出了满意的模型。正是这对工艺技术的敏感与执着，促使宋应星编写出中国古代科学技术史上的集大成之作——《天工开物》。

《天工开物》是中国古代科技史上的重要著作，被称作我国古代的工艺百科全书，其书名取自《尚书·皋陶谟》"天工人其代之"及《易·系辞》"开物成务"，故而其内容皆是人们在生产实践中"巧夺天工"的技术经验。《天工开物》十分详细地记述了我国古代农业与手工业等各种先进生产技术，覆盖了几十个科学技术领域，是对社会各项生产领域的全面总结。值得注意的是，宋应星在《天工开物》中所体现出的思想与方法已经与近代科学颇为接近。例如，他十分重视用准确的数据来说明问题，并善于从实践经验中总结理论。而且，在《天工开物》中显示宋应星已经有了生物进化思想的萌芽，后来达尔文亦称："在一部古代的中国百科全书中，已有关于物竞天择原理的明确记述。"其生物进化思想在后世也得到了西方生物学家林耐的共鸣。足见宋应星在世界科技史上的地位。

徐霞客壮游天下

　　徐霞客出生于明代江苏江阴的一个富庶家庭。他的
父亲徐有勉对做官不感兴趣，倒是钟情于游览山水，这
也大大影响了徐霞客的人生选择。徐霞客自幼聪颖，喜
欢读书，尤其喜欢史书、地理图志和游记，书中的广阔
天地深深吸引着他，年少的他便有"朝碧海而暮苍梧"
的夙愿。十五岁时，徐霞客参加了一次童子试，却未能
考中，父亲见他无意仕途，便劝他博览群书，专心学
问。后来，他彻底摆脱科举束缚，潜心研究地理著作，
遍览名山大川，专注旅行考察。

　　徐霞客十九岁时，父亲去世。虽然他很想外出探山
访水，但是考虑到年迈的母亲，一直未能成行。徐母了
解儿子的想法，便亲手为徐霞客缝制了远游冠，说道：

"志在四方，男子事也。"鼓励他出去完成自己的远游梦想。值得一提的是，徐母在七十高龄时，还陪同徐霞客一起游玩了荆溪和勾曲。母亲的鼓励，为徐霞客的远游注入了无限的希望与力量。万历三十五年（1607），徐霞客头戴远游冠，肩负行囊，告别母亲和新婚妻子。此后30年，他的脚步走过了大半个中华大地，相当于现在约21个省市。

徐霞客一生的旅游考察可以分为三个阶段：第一阶段是二十八岁以前，主要研读古代的历史地理典籍，并随意地在太湖、泰山等地区游览，并无游记留下；第二阶段是二十八岁至四十八岁，游行于浙江、福建等省以及黄山、嵩山、五台山、华山、恒山等名山，并撰有游记一卷；第三阶段是五十一岁至五十四岁，游览了浙江、江苏、云南、贵州、广西等南方地区的名山巨川，留下游记九卷。徐霞客长年累月游历在外，基本依靠自己的双腿，翻山越岭，跋涉荒野，曾经三次遭遇强盗，四次断绝口粮，但重重的艰难险阻，从未让徐霞客退缩。有一年，徐霞客前往湖广地区考察时，在湘江遇到

了强盗，钱财全部被洗劫一空，同行的伙伴受了伤，他自己也险些丧命。当时就有人劝徐霞客返乡，他却坚定地说道："我带着一把铁锹出来，任何地方都可以埋葬我的尸骨。"旋即继续前行。途中，为了换取食物和旅费，不惜变卖衣物。徐霞客的最后一次出行到达了云南丽江，此时的他因为足疾已经无法行走，云南地方官员派车船送他回到了江阴家中，次年病逝。

在数十年的旅行中，徐霞客坚持撰写游记，留下了《浙游日记》《江右游日记》《楚游日记》《粤西游日记》《黔游日记》《滇游日记》等诸多著作，记录下黄山、庐山、雁荡山等名山胜景。在他去世之后，友人季会明等人将其遗作整理编辑成60多万字的《徐霞客游记》。

《徐霞客游记》的内容非常丰富，涉及地质、地貌、气候、水文、生物、地理、人文、民俗等多个方面。其中对不少内容的论述与阐释，在当时都处于世界先进水平。《徐霞客游记》不仅是一部地理学著作，也是一部精美的文学佳作。在他的笔下，祖国的锦绣河山千姿百态、栩栩如生，使人如临其境。《徐霞客游记》凭借着其独特的魅力享誉海内外，并被后人称作"世间真文字、大文字、奇文字"，被誉为"千古奇书"。

书籍收藏与文化传承

　　明朝时，有一位江南才女，名叫钱绣芸。绣芸聪颖好学，爱书如命。她听说宁波有个私人藏书楼——天一阁，属于当地大家族范家所有，就满心希望着能够进去读书。但是，当时的私人藏书一般只面向宗族内部开放，外人很难踏足。恰好，绣芸的姑父出任宁波知府，她就把自己对天一阁的向往说给姑父听，称哪怕要嫁到范家也要达成心愿。姑父被绣芸的执着所感动，亲自去范家当媒人，促成了这桩婚事。可是，绣芸嫁入范家后才知道，天一阁不仅不对外人开放，也不允许女人上楼。绣芸在梦想破灭的哀伤中郁郁而终。

　　天一阁不仅让钱绣芸魂牵梦萦，也是许多读书人心之所向。说到这藏书楼，就不得不溯及中国悠久的藏书

171

历史。

　　我国的知识分子在很早就认识到书籍收藏与文化传承的密切关系。春秋时代，孔子曾经感叹："夏礼，吾能言之，杞不足征也；殷礼，吾能言之，宋不足征也。文献不足故也。"意思是说，我能够言说夏朝的礼仪制度，但是不能言说夏的后代杞国的；我能够言说殷朝的礼仪制度，但是不能言说商的后代宋国的：这是因为记载杞国与宋国历史的典籍以及知晓当时情状的贤人已经不多了的缘故。也正是因为有了重视文献的意识，我国在很早就发展起了较具规模的藏书事业。

　　老子曾担任过周朝藏室的史官，可见至迟在周朝，我国的官方藏书事业已经颇具规模了。当时的各个诸侯国也有自己的藏书及负责管理藏书的官员。战国时期，学者们百家争鸣，而这种思想争鸣的基础，乃是私人藏书的出现。《庄子·天下篇》称"惠施多方，其书五车"。而墨子周游列国时，据说也带有三大车的竹简。《史记·苏秦列传》中记载，苏秦在外游历多年都未能找到采纳自己观点的国君，回家后被家人嘲笑，于是他

搬出了他的数十箱书籍，发奋攻读一年，总结出了合纵的理论，最终得以身佩六国相印。

秦始皇兼并六国后，设立石室金匮专门存放从各国收缴来的大批图籍，并任命张苍作为专门管理图书典籍工作的御史。而秦始皇统一文字，更是促进了图书的大量出现与传播。后来秦始皇的焚书之举，使得民间大量的图籍被收缴并毁于烈火，但也可以看出，当时民间藏书已经非常盛行。然而遗憾的是，收藏在秦国宫殿的珍贵典籍，除一部分被萧何抢先取走之外，剩下的都毁于项羽的一把大火。

汉朝建立后，修建了三座皇家藏书楼用来收藏图书与档案。汉武帝、汉成帝在位时，着意于从民间收集各种图书，使得汉王朝的官方藏书数量大大增加。到了东汉，朝廷不仅有意识地从民间征集图书，还设置了秘书监来负责图书的编校、著述等工作。从此之后，几乎每个朝代都设置有秘书监，至明清则改名为翰林院。

我国的国家藏书，常随着朝代的更替遭遇散失，而历朝历代的统治者在政权稳固后，都十分重视图书的收集与恢复。

在秦朝焚书之后，民间的私人藏书一度被少数家族垄断。而随着后世相关政策的开放和生产力水平的提高，雕版印刷术在唐代发明、在宋代盛行，私人藏书事业也越来越兴盛。伴随着刻本的流行，涌现出大批藏书万卷以上的著名藏书家，如王钦若、叶梦得、晁公武、尤袤、陈振孙等。这些私人藏书家不但收藏了大量的图书，还为自己所收藏的图书编目并解题，为今天我们了解当时的图书收藏情况，提供了宝贵的资料。

明清的私家藏书风气更盛，许多地方都建立起了著名的藏书楼。明代最具规模的藏书楼包括宁波范氏的天一阁、常熟毛氏的汲古阁、山阴祁氏的澹生堂，清代最具影响力的藏书楼包括山东聊城杨以增的海源阁、江苏常熟瞿绍基的铁琴铜剑楼、浙江湖州陆心源的皕宋楼、杭州丁申和丁丙兄弟的八千卷楼，等等。而一开始提到的宁波的天一阁，不但是我国现存最早的私家藏书楼，而且至今还大体上保留着昔日明代藏书的风貌，不可不谓之奇迹。

从《永乐大典》到
《四库全书》

清乾隆年间的一个夏日，翰林院里闷热异常，纪晓岚等一干人却没有高温休假的机会，依然伏在书案上工作着。可是天气实在是热，满腹诗书的读书人顾不得体面，纷纷脱了衣服办公图个凉快。作为总纂官的纪晓岚，更是脱到几乎精光。可谁料这个时候，乾隆皇帝突然御驾亲至。在古时候，衣冠不整地面见皇帝要被扣上"御前失仪"的罪名，所以翰林院的官员们连忙把衣服穿起来。可是纪晓岚因为视力不好，一时间没有找到自己的衣服，情急之下只能钻到桌子底下躲起来，十分狼狈。不过，乾隆皇帝并没有计较纪晓岚的荒唐，也明白翰林院这些读书人的辛苦，因为有一部巨著等着这些人来完成，那就是《四库全书》。

明清是中国历史上官方修书的高峰。明成祖即位之初，便令解缙主持编撰类书《文献大成》。所谓"类书"，是我国古代一种资料性书籍，主要是辑录各种书中的材料，然后按照门类、字韵等加以编排，以备人们查检之用。一开始，解缙并没有领会明成祖授意编书的意图，仅仅用了一年时间，就将《文献大成》编好了。但是，明成祖阅后非常生气，认为解缙编好的《文献大成》太过简略，与他心目中的大型类书相去甚远，于是，又召集亲信大臣姚广孝与刘季篪协助解缙重新修撰。后来经过大约四年时间，充分利用了当时的藏书资料，重修工作完成，而修成的这部大型类书便是《永乐大典》。

这部《永乐大典》共辑录古今图书七八千种，成书后共计22877卷，还有凡例与目录共计60卷，约3.7亿字。其内容除过经、史、子、集，还包括天文地理、阴阳医术、释藏道经、戏剧、工艺与农艺，可以说涵盖了中华民族数千年以来的各类知识。后来，《永乐大典》被《不列颠百科全书》称为"世界有史以来最大的百科

全书"，是中华文明的重要符号之一。

清代从康熙皇帝起就十分重视图书的编纂工作，康熙年间由官方组织编纂的有类书《渊鉴类函》（共计450卷）、辞书《佩文韵府》（共计444卷）、诗歌总集《全唐诗》（共计900卷）。此外还有大型类书《古今图书汇编》，后来雍正朝时对其进行重新修订，改名《古今图书集成》，共计1万卷。这部书后来以铜活字刷印，副本颇多，故而至今保存完整，是我国现存规模最大、保存最完整的类书。

乾隆三十八年（1773），四库全书处成立，大型丛书《四库全书》开始编修。历时八年，于乾隆四十六年（1781），第一份《四库全书》全部抄毕，贮于大内文渊阁；次年，乾隆四十七年（1782），第二份《四库全书》抄毕，贮于盛京（今沈阳）文溯阁；紧接着，乾隆四十八年（1783），第三份《四库全书》抄毕，入藏北京郊区的圆明园之文源阁；又次年，乾隆四十九年（1784），第四份《四库全书》抄毕，入藏热河行宫（在今河北承德）的文津阁。同时期，乾隆四十七年

（1782）七月，皇帝又命再缮写三部《四库全书》，皆于乾隆五十二年（1787）年成书，之后分别入藏镇江金山寺文宗阁、扬州大观堂文汇阁与杭州圣因寺行宫之文澜阁。

然而，在历史的风雨飘摇中，浩浩七部《四库全书》，如今仅剩下文渊阁本、文溯阁本与文津阁本得以保留全帙，文澜阁本则在杭州藏书家丁氏及其后一批浙人的努力下，得以保留残卷。而其他三部，则皆毁于战火。

从《四库全书总目》可以了解到，《四库全书》收录3461种，共计79309卷图书，存目6793种共计93551卷图书，总计10254种172860卷，可以说将清代乾隆时期中国的主要图书都进行了收录或者著录，是对中华文明的一次重要总结，具有不可忽视的文化保存作用。

戏曲艺术的发展

"地也，你不分好歹何为地？天也，你错勘贤愚枉做天！哎，只落得两泪涟涟！"这段慷慨激昂又催人泪下的台词，出自元曲《窦娥冤》。

《窦娥冤》是"元曲四大家"中最具影响力的作家关汉卿的代表作。它讲述的是从小没有母亲的窦娥，因为家境贫困，被父亲卖给蔡婆婆家当童养媳。可不料窦娥十七岁与蔡婆婆的儿子成婚，不到两年，就成了寡妇，只能与蔡婆婆相依为命。当地有个泼皮无赖叫张驴儿，因为看蔡婆婆与窦娥好欺负，就和他的父亲一起赖在蔡婆婆家混吃混喝，还胁迫窦娥嫁给他。窦娥不从，张驴儿便想先毒死蔡婆婆，再逼窦娥就范。不料阴差阳错，张驴儿给蔡婆婆下了毒药的汤被他的父亲喝了，当即一命呜呼。张驴儿眼看计谋不成，便诬赖是窦娥下毒害死了自己的父亲。窦娥被送到官府，尽管遭受严刑拷打，但是她始终不愿妥协承认。后来，官府为了逼窦娥认罪，竟然要当众拷打蔡婆婆，无奈之下，窦娥只好承认是自己下了毒，于是被判了死刑。行刑的时候，她为了表明自己的冤屈，对天发下三桩誓愿："为了证明我窦娥的清白，请苍天在我死后，一要让这刀过头落，一腔热血全都溅在上空的白练上；二要天降大雪，遮盖我的尸体；三要让楚州从此大旱三年！"当时正值六月，没想到行刑之后，竟然真的天降大雪，窦娥的三桩誓愿全部应验了。关汉卿的这部《窦娥冤》，无论是在人物形象的塑造，还是戏剧冲突的设置，包括语言的运用，都显示出了高超的文字艺术水平，在世界范围内都享有较高的声誉。

　　元曲可谓是中国戏曲发展进程中的第一座高峰。此一时期留下了许多优秀的戏曲剧本，在中国古代文学史上与唐诗宋词一样，被认为是时代文学的典范。元代优秀的剧作家不胜枚举，而其中最有名的，要数被后世称

作"元曲四大家"的关汉卿、白朴、马致远与郑光祖这四位杂剧作家。

戏曲是一种集合了诗词、绘画、服饰、舞蹈以及武术等多种艺术形式的综合艺术，可以说从多种角度展现出了中华民族丰富的精神世界。

我国的戏曲萌芽于上古的祭祀活动。先民们在祭祀时，装扮成各种形象，以歌舞来向神明祈祷。有人认为这是一种为神明表演以使其愉悦的行为。这就是戏曲最原始的形态。

随着权力的集中和生产力水平发展对劳动力的解放，为了娱乐统治者的倡优出现了。所谓倡优，就是专门从事表演的人，在先秦时期也被称作倡、俳、伶、弄人等。他们通过诙谐的语言和动作逗人发笑，为统治者娱乐消遣助兴。春秋战国时期统治阶层在家中蓄养倡优已经很普遍了。

秦汉时，倡优的表演逐渐复杂化，出现了混合着舞蹈、竞技、杂耍等技艺的角抵戏，也称为百戏。百戏在发展中越来越具有完整的情节，这与后世的戏剧已经非常接近了。

到了唐代，百戏表演更加丰富，戏剧的内容也更加完整。演员在演出时，穿着特定的服装，时而念诵台词，时而唱和歌曲，还会以脚踏着节拍，有意识地编排出幽默的情节逗观众发笑。这种戏曲被称为"参军戏"。随着市民阶层的发展与壮大，这样的戏曲到了宋金时期已经变得非常流行。此时市面上还出现了专门用来演出的瓦舍勾栏，无论是日常还是节日都有戏曲表演。"生、旦、净、末、丑"等行当的出现，更是戏曲艺术趋向成熟的表现。到了元明清时期，观看戏曲表演已经是人们日常娱乐最常见的方式之一，而戏曲本身继续地域化发展，形成了丰富多彩的地方剧种，成为中华文明中的独特艺术文化。

明清四大名著

　　小明每次去爷爷家，最喜欢听爷爷给自己讲三国故事：曹操在官渡之战时，快要弹尽粮绝了，偏偏有人给他指点了赢得战争的窍门，让他战胜了袁绍；曹操在赤壁向东南方向进攻，明明是顺风顺水的冬天，偏偏突然刮起东南风，大火把自家的船给烧了；诸葛亮守着一座空城，却敢大开城门，自己在城头弹琴，让多疑的司马懿不敢进攻；诸葛亮对孟获抓了放，放了抓，反复了好几次，才让孟获心甘情愿地归顺……这些故事都来自一本书——《三国演义》。

　　《三国演义》和与它齐名的《西游记》《水浒传》《红楼梦》，合起来被称为"明清四大名著"，是明清白话章回小说最具代表性的作品。

　　《三国演义》是由史书《三国志》敷演而成，讲的
是东汉末年到三国时期魏蜀吴等政治势力的权力斗争与
历史演进，"三国"的故事文本，由正史到民间文学，
经过了长时间的故事积累，最终由罗贯中整理为一部完
整的小说作品。《西游记》讲的是唐三藏带着徒弟孙悟
空、猪八戒、沙悟净等去西天取经的故事，其间遇到了
各路妖魔鬼怪的阻拦，最终克服重重困难取得真经，是
我国神魔小说的代表作品。《水浒传》写宋朝时一众好
汉反抗欺压、落草梁山并逐渐发展壮大，但最后又接受
朝廷招安，为宋朝廷征战，继而走向灭亡的故事。《红
楼梦》是以贾、史、王、薛四大家族的兴衰作为背景，
以富贵公子贾宝玉为主要视角，以贾宝玉与林黛玉、薛
宝钗的爱情婚姻悲剧作为主线，描绘了贵族的兴衰、闺
阁佳人的人生百态，被称为"四大名著之首"。

　　那么，小说这种文学样式是怎样发展起来的呢？

　　神话是小说的雏形。在上古时代，人们对自然的
认知十分有限，因而对自然界的一切都产生了深深的崇
敬和畏惧之情。他们渴望了解自然，也渴望战胜自然，

为了克服对未知的恐惧，他们发挥自己的想象力，编造出了许多关于自然的神话。例如，人们想象现在的天地乃至自然界中的一切，是由一个叫作盘古的神明开天辟地，并牺牲了自己的身躯幻化而成：他的眼睛变成了太阳与月亮，他的骨骼变成了大山，他的血液汇成了江河湖海，他的皮肤变成了土地。这些故事体现着我国早期先民丰富的想象力，成为后世文学艺术的肇端。

先秦时期，百家争鸣，不少思想家都善于通过虚构一些短小精悍的故事来阐发自己的思想。这种带有讽刺意味或抽象哲理的小故事，被称作"寓言"。先秦时期的寓言不但兼具故事性与趣味性，更有着生动的情节和个性鲜明的人物形象，为小说创作提供了重要的源泉。先秦两汉的历史散文，例如《左传》《史记》《汉书》等，对历史事件的描写生动而曲折，且善于运用多种艺术手法去铺排情节、描绘人物，从思想内容与创作手法上都对后世的小说创作产生了直接影响。

魏晋六朝，是我国文言小说飞速发展的阶段。这一时期，不但有博富庞杂的志怪小说，也产生了简约传神的志人小说。被后世誉为六朝小说"文言双璧"的《搜神记》与《世说新语》即是上述两类小说的典型代表。到了唐代，小说以传奇故事的形式继续发展并逐渐走向成熟，在大唐盛世的影响之下产生了质的飞跃，取得了辉煌的成就。唐代传奇小说的出现，可谓开辟了中国古代小说发展的新纪元。

宋元时期，随着"说话"艺术的兴盛，中国古代小说的另一种形式——白话小说应运而生了。从此之后，文言小说与白话小说双峰对峙，并驾齐驱，涌现出了大量的优秀作品和作者。

印刷术的出现和发展成熟，使书籍的批量出版变得更加容易，小说的篇幅不再局限于"短篇"，发展至明清，长篇的白话小说出现繁荣局面。

小说除了以曲折动人的故事带给人们娱乐之外，它还是表现现实和给人以教化的最通俗、受众最广泛的一种方式。因此，直到今天，小说仍然是老百姓最喜爱的一种文学体裁。而以四大名著为代表的中国古典小说，经典流传，经久不衰，是中华文明的宝贵财富。